신향을 그리며

신향을 그리며

글 손호정

산책
도서
출판

한시 학습의 길

한시를 배우기 시작한 지 12년여, 그동안 배우고 생각하며 지은 시도 천여 수가 된다. 계속 늘어놓기만 하는 것보다 시집으로 한번 정리해 보는 것도 좋겠다는 생각이 들었다. 그래서 나의 느낌에 가깝고, 학습의 단계를 구분 짓거나 기념으로 남겨두어야겠다고 생각되는 것 200여 수를 골라 정리해 보았다. 느낌으로 볼 때는 처음 배울 때의 것이 더 마음에 와 닿는다. 가르쳐 주시던 선생님의 정신이 가미되어서일까, 아니면 그때는 지금보다 더 젊은 기운이 생동하여서일까.

돌이켜 보면 한시는 정년퇴직 후 만년의 나를 이끌어 가는 동력이고 함께하는 동반자 역할을 톡톡히 해 주었다. 나는 시백 안종중 선생이 운영하는 난정서실에서 붓글씨를 배우기 시작하였다. 얼마 지나지 않아 마침 같은 서실에 나오는 남상호 교수를 만났다. 공자철학이 전공이라서 그런지 모든 행동이 공자님 같은 분이다. 자비로 책을 사서 십여 명 서우들에게 나누어주며 배우려는 분들에게 가르쳐주고자 하였다. 그리하여 나의 한시 공부가 시작되었다. 불과 몇 년 후에는 한국한시협회 부설 한시학당에 나가서 남계 신근식 선생으로부터 율시의 맛도 알아가게 되었다. 이어서 신대선 선배를 회장으로 추대하고 내가 부회장이 되어, 근 30년간 단절되었던 춘천의 소양한시회도 다시 일으키고, 춘천문화원에 한시학습과정을 만들어 뜻있는 벗들과 한자리에서 배우게 되었다. 그 후 함께 지은 시를 모아 『의암십경』 등 공동시집도 몇 권 발간하였다. 나는 내친걸음에 강원대학교 대학원 국어국문학과에 들어갔다. 이경수 교수의 지도로 고전문학 중 한시에 관한 이론과 작가를 연구하기 시작하였다. 배울 것도 많고 학설도 다양하여 고쳐 쓰기를 얼마나 많이 반복하였던가. 2018년 2월 드디어 학위논문『서파 오도일의 생애와 시세계』(2018)를 완성하고 문학박사학위를 받았다. 곧바로 남교수의 뒤를 이어 춘천문화원 한시강사로서 한시 전도의 길을 걷게 되었다.

한시를 배우고 짓고 연구하는 과정에서 터득한 바를 몇 가지 질문과 대답으로 정리해 본다. 첫째 왜 시를 짓는가? 조동일 교수가『한국문학통사』(2005)에서 서술한 것처럼 그 속에 즐거움이 있기 때문이다. 시의 눈으로 보면 나무와 돌도 정감으로 다가온다. 이를 글로 그려보는 순간 일상을 떠나 새로운 발견의 즐거움을 느끼게 된다. 둘째 왜 한글시가 아니고 한시인가? 그것은 한문을 바탕으로 하는 한시에는 어떤 다른 시에서보다도 음악적인 율동감을 강하게 느낄 수 있기 때문이다. 그리고 공자가『논어』의「자로편」에서 이야기한 것처럼 많은 지식을 얻을 수 있게 해준다. 특히 우리의 한시에는 수천 년간 선조들이 써서 남겨온 숨결이 배어 있어, 한시를 접하는 순간 역사와 지리, 당시의 지혜를 얻을 수 있다. 셋째 어떤 시가 좋은 시인가? 신익호가『현대시론』(2014)에서 이이브람스(M.H.Abrams)의 이론을 옮겨 서술한 모방론 · 효용론 · 표현론 · 객관론 등이 있지만, 필자는 주로 표현주의적 입장에서 시인에게 떠오른 영감을 핍진(逼眞)하게 잘 드러낸 것, 이야기가 짜임새 있게 함축된 것, 율동에 어울려 흥이 있고 여운이 길게 남는 것이 좋은 시라고 본다. 한마디로 옹달샘 같은 시이다. 맑고 신선한 맛, 퐁퐁 솟는 소리의 율동, 뭇 생명의 갈증을 해소하여 생동감을 주는 그런 시이다. 그러나 이런 수준은 도달하고 싶은 하나의 이상적 경지라 할 수 있다. 나로서는 아직 한참 먼 곳에서 부지런히 좇고 있는 학도에 불과하다.

　나의 첫 시집을 소재유형에 따라 11편으로 나누어 묶으면서 드러난 특징을 요약해 본다. 첫째 느낌으로 본 한 시대의 기록이다. 시 쓰기를 시작한지 그리 오래 되지 않았지만 필자의 인생사가 모두 들어있다. 신변 가까운 데서부터 오늘의 사회에 이르기까지 보고 느낀 바를 옮긴 것이다. 둘째 다양한 시의 형식을 시도해 본 사례집이다. 5언과 7언, 절구에서 배율, 사(詞)와 시조형 한시, 그리고 대상에 따라 삶의 회상 · 한시백일장 · 8경과 9곡 · 국내외 여행기 · 축하와 애도 · 장편서사시 등 나름대로 용기를 내어 도전해 본 것들이다. 셋째 읽기 쉽게 편집한 한문시집이며 동시에 한글시집이다. 한글 전용세대의 독자들이 접근하기 쉽도록 가능한 현대어로 한글 부분을 앞에 한문은 뒤로 놓고 음을 달아 읽기에 불편이 없도록 하였다.

나에게 한시는 나의 정신을 지탱하고 두드려 일깨우는 지팡이로서 내가 지향하는 이상향, 즉 선향에 이르게 하는 안내자이며 선향으로 가는 길의 동반자이다. 만년에 이만한 벗이 또 어디 있을까. 끝으로 나에게 한시를 가르쳐주신 선생님들께 우선 감사를 드린다. 그리고 함께 보아주고 들어주는 시 벗들, 추억을 함께 해온 친구들, 나에게 새로운 시의 생명을 일깨워주는 어린 손자들과 가족, 친지들께 고마움을 전한다. 특히 일생을 곁에서 함께하며 힘이 되어온 아내에게 무한한 고마움을 느낀다.

2021. 4. 21

삼악산 밑 서실에서 지석 손호정 쓰다.

차례

한시 학습의 길 _ 04

한시를 배우며 생각하며

무자년 한여름 …………………… 17
살아 움직이다 …………………… 17
시를 배우다 ……………………… 18
손자를 안고 ……………………… 18
할머니를 생각하며 ……………… 19
동탄 신도시를 거닐며 …………… 19
손자의 첫돌 ……………………… 20
딸이 가있는 곳의 안전을 묻다 ……… 21
심폐소생술을 찬미하다 ………… 21
한강 ……………………………… 22
손녀를 안고 ……………………… 23
며느리를 기리며 ………………… 23
춤곡 강남 스타일 ………………… 24
범종을 울리며 …………………… 24
낙원시집 발간의 감회 …………… 25
이충무공 탄신 사백육십팔 주 …… 26
연민 이가원 선생의 시를 차운하다 …… 28
작시 사백수를 넘기며 …………… 30
세월호 참사를 통탄하며 ………… 31
박사과정에 들어서며 …………… 32
어찌 가르칠까 …………………… 33
곡운 구곡을 찾아서 ……………… 33

외손을 안고 ……………………… 34
신생모 …………………………… 34
서울대학교에 등교하며 ………… 35
평창 동계 올림픽 대회를 참관하고 …… 36
문학박사 학위를 취득한 감회 …… 37
팔팔 동수회 30년에 부쳐 ………… 38
모월 최완희와 홍유릉을 찾아서 …… 39
삼세가 공존하는 우주 …………… 40
문화원 개강의 감회 ……………… 41
삼일운동 100주년을 돌아보고 …… 42
손녀딸의 피아노 연주대회를 참관하고 … 43
서오지리 연못을 찾아서 ………… 43
코로나 바이러스 세계 대유행 …… 44
질병의 난리를 체험하며 ………… 46
마음 ……………………………… 47
한시를 배우는 다실 ……………… 48
김치 만드는 과정을 지켜보고 …… 49
경춘시화집 출간에 부쳐 ………… 50
찬바람 부는 호반의 나체상 ……… 51
큰 눈에 생각나는 숙부 …………… 52
소리와 색 그리고 생각 …………… 52
난정서우 작품전시회의 소회 …… 53

고향을 그리며

설날귀성·······················57
재 춘천 강릉고등학교 동문 운동회에 부쳐
·······················58
금광초등학교 시절을 그리워하며·······59
관동중학교 졸업 오십 주년에 부쳐······60
경주손씨를 돌아보며···············62
고향 친구들과 아름다운 만남··········64
덕현리 경로당 준공을 축하하며·········65
구정회에서 고향을 생각하며···········66

강릉단오제 세계문화유산 등재
　10주년을 기리며·············67
친구 서석순의 누이와 아내의 얘기를 듣고
·······················68
어릴 때 고향의 사계··············70
　봄·······················70
　여름······················70
　가을······················71
　겨울······················71
강릉 경포대 십이난간 시운을 빌어서···73

고향을 만들며

무릉도원 문배촌을 찾아서···········77
춘천박물관···················77
고산의 저녁노을················78
구봉산에서 본 춘천야경············78
소양한시회 복원을 기리며···········79
소양팔경을 읊다················80
신선계의 순천··················81
중 공민항기 전시계획에 부쳐·········82
금병산에 올라 옛 마을을 바라보며·····83
소양정에 올라·················84

국사봉 비문에 쓴 시인의 후손을 만나고···85
가을 날 구봉산에 올라 춘천을 바라보며···86
의암호의 12경·················87
춘천시청 사옥신축을 축하하며·········88
춘천의 사계를 기리며·············89
드름산 의암봉에 올라·············90
서파령을 넘으며···············91
청평사를 방문한 소감·············92
대룡산과 화악산의 불빛을 바라보며······93
김유정을 기리는 시축 야외전시를 보고···94

백일장에 나가서

임진왜란 420년의 감회 ················· 99
한국사 교육 강화를 기원하며············· 100
치악산에 오른 감상 ················· 101
따뜻한 봄날 만물의 향연··········· 102
지난해를 보내고 새해를 맞이하는 느낌 ··· 103

초여름············· 104
새봄의 느낌 ············· 105
무술년에 국운이 융성하기를 기원하며··· 106
난고 김삿갓이 외로이 자학하는 모습의 느낌

················· 107

팔경과 구곡의 연상

의암십경 시화집 발간을 축하하며 ······ 111
곡운구곡을 탐방하고서 ················· 112
경춘선 팔영 京春線八詠 ··········· 113
　하나, 남춘천역에서 보내고 맞으며··· 113
　둘, 김유정역의 정담 ··········· 113
　셋, 강촌역의 추억 ··········· 113
　넷, 가평역의 그림 같은 풍경 ······· 114
　다섯, 대성역에서 보는 풍경········· 114
　여섯, 마석역의 빌딩 숲 ··········· 114
　일곱, 망우역에서 더하는 수심······· 114
　여덟, 청량리역을 지나 한잔········· 115
청평팔영 시집발간을 기리며 ········· 117
니산구곡 尼山九曲 ················· 118
　일곡 입석, 문에 들어서며··········· 118
　이곡 소룡암, 뜻을 세우다··········· 118
　삼곡 전위탄, 자신을 극복하며······· 119
　사곡 요취담, 미혹되지 않는다········ 119
　오곡 부연, 명을 알다···············119

육곡 홍무벽, 신의를 표하다············119
칠곡 비령담, 요산요수 ············· 120
팔곡 비도암, 나를 알아주는 벗 ····· 120
구곡 오지소, 선에 이르러 ········· 120
맺는 시 니산 구곡을 찾은 소회, 시의 흥취

················· 120
구곡폭포의 아홉 가지 혼을 읊다 ··· 123
　시작하며 ················· 123
　일곡 희망, 꿈 생명 ················· 123
　이곡 재능, 끼 발견 ············· 124
　삼곡 지혜, 꾀 쌓음 ············· 124
　사곡 용기, 깡 마음 ············· 124
　오곡 전문, 꾼 숙달 ············· 124
　육곡 관계, 끈 연결············· 124
　칠곡 태도, 꼴 됨됨 ············· 125
　팔곡 기교, 깔 솜씨 ············· 125
　구곡 처음과 마지막, 끝 회귀 ····· 125

사 詞, 그리고 시조 時調

—

사 詞
위안부를 생각하며 ·········· 132
심원의 비련 ·········· 134
의암공원에 들어서며 ·········· 136

시조 時調
늦게 배우며 ·········· 138
춘분에 산책하며 ·········· 138
호반의 봄비 ·········· 139
봄을 맞으며 ·········· 140

이 선비 상석 씨의 집을 찾아서 ·········· 140
봄버들 ·········· 141
가을기운을 느끼며 ·········· 141
한의 예찬 ·········· 142
입동에 강촌을 지나며 ·········· 142
구룡사 계곡에 올라 ·········· 143
경자년 설을 지나며 ·········· 144
춘천의 닭갈비 맛 ·········· 144
추석 차례상 ·········· 145

팔도를 여행하며

—

안면도 꽃지 해변을 걸으며 ·········· 149
울릉도를 찾아서 ·········· 150
독도 탐방의 감회 ·········· 151
정선오일장을 찾아서 ·········· 152
강원랜드 카지노의 새벽 ·········· 152
탄금대의 감회 ·········· 153
동방시화학회 참가 소감 ·········· 154
추암 ·········· 155
삼척 죽서루에 올라 ·········· 156

부석사의 이름에 대한 느낌 ·········· 157
소수서원을 방문하고 ·········· 157
도산원을 방문하고 ·········· 158
병산서원을 방문하고 ·········· 159
태백산에 올라 ·········· 160
롯데월드타워에 올라서 세수를 읊다 ····· 161
　하나 ·········· 161
　둘 ·········· 161
　셋 ·········· 161

세상을 주유하며

앙코르 왓 사원 무리 ·················· 167

하롱베이 ························· 168

발해유적지를 답사하며 ··········· 168

백두산에 올라 ················· 169

고궁박물관을 관람하고 ··········· 170

아미족 가무를 참관하며 ··········· 170

파묵깔레 ······················ 171

카파도키아의 혈거 ·············· 172

이스탄불 ······················ 173

패왕사를 방문하고 ·············· 174

왕창령의 부용루를 차운하다 ······· 175

강남의 시적을 탐방하고 ··········· 176

이백의 사당을 찾아서 ············· 177

검문관을 한탄하며 ·············· 178

사천의 시적을 돌아보고 ··········· 179

동방시화학회 참가 소감 ··········· 180

난정에서 술잔을 띄우며 ··········· 181

서시의 고향을 찾아서 ············· 182

봄날의 강남 유람 ················ 183

곽의 뱃놀이 ···················· 184

호텔의 야외만찬 ················ 186

오아시스 호텔에서 하룻밤을 지내며 ······ 187

모래바람 ······················ 188

세계 최고의 빌딩 ················ 189

아내 칠순의 감회 ················ 190

가족의 오키나와 여행 소감 ········· 191

형산에 올라 축융을 보고 ··········· 192

소상팔경을 찾아본 감회 ··········· 193

축하시

당숙의 강릉노인 회장 취임을 축하하며 ··· 197

이성호 선생 회고록 발간을 기리며 ······ 198

신용실 선생 부친의 백수연을 축하하며 ··· 199

남상호 교수의 정년퇴임에 제하여 ······ 200

인홍 정용섭 장군 고희를 축하하며 ······ 201

여산재 장성집 선생 회수연을 축하하며 ··· 202

윤송 유금열 선생 고희 문집발간을 축하하며
·························· 203

남계 신근식 선생의 회수를 축하하며 ··· 204

이경수 교수의 정년퇴임에 제하여 ········ 205

애도의 시

통곡하며 둘째숙부를 보내드리다 ········ 209

백암 신 선생님을 보내며 ···················· 210

은사 정 선생님을 보내며 ············· 211

초은 이명승 선생을 애도하며 ············· 212

강릉인 최종춘 형을 보내며 ················· 213

막내 숙부를 보내며 ····················· 214

월산 이창범 선생을 보내며 ················ 216

짠항룬 교수의 귀천을 애도하며 ······· 216

각규 당숙님을 보내며 ····················· 217

선향 강원도

신선의 고장 강원도 ························· 221

　일장 자연풍경 ························· 221

　이장 중고대 ···························· 222

　삼장 근현대 ···························· 223

　사장 신바람 ···························· 224

손지석 선생의 『선향을 그리며』 출판을 축하하며 _ 229

한시를 배우며
생각하며

필자의 여러 습작 중 제법 시의 형태를 갖추었다고 생각되는 것을 선별하여, 본편에는 시를 배우고 이루어 가는 과정 중심의 것을 모았다. 5언 절구에서 시작하여 7언 절구, 율시에서 다시 배율로 평측과 압운, 대우 등 복잡한 율격을 극복하면서 시어를 찾아가는 과정의 것들이다.

　그리고 손자들이 태어나고 돌을 맞으며 성장해가는 모습을 보고, 늙어 가는 할아비가 생동감을 얻은 것들이다. 나아가 사회의 큰 사건들에서 한 시로써 세상을 새로이 보며 지은 것들은 후일 되돌아보는 감회와 즐거움이 있을 것이다.

무자년 한여름

삼복 뜨거운 여름 날, 수박은 옥수를 머금었네
아이는 먼저 드시라 하고 어른은 맛보라 하니
그림 같은 강촌의 아름다움이여

戊子仲夏 무자중하

三伏熱湯天　西瓜舍玉水　　삼복열탕천　서과함옥수
幼恭翁勸嘗　似畵江村美　　유공옹권상　사화강촌미

※ 강원대학교 남상호 교수의 지도를 받아 완성한 첫 한시이다. 2008. 8. 1

살아 움직이다

할머니 꿈에 큰 뱀은 본가로 들어가고
할아버지 만난 무리고기 다리발을 흔들어 놀랐지
며느리 아이 배고 기쁨을 감추는데
손아기 영상은 예쁜 싹 보여준다

生動 생동

婆夢巨巳入原家　逢祖群魚振榷嗟　　파몽거사입원가　봉조군어진각차
子媳孕胎藏喜悅　孫兒映像顯丰芽　　자식잉태장희열　손아영상현봉아

※ 동탄 아이들 집에서 며느리의 석 달 된 태아의 동영상을 보고, 태몽 꿈 얘기를 하며 짓다.
　2008. 12. 28

시를 배우다

그림을 보고 주제를 물으며 운의 주변을 두드리는데
읊는 이야기 즐기는 운율이 거문고를 연주하는 듯
평성은 짝을 맞춰 머리글을 부르고
측성은 서로 어울려 미련을 맺네

習詩 습시

見畵問題敲韻邊 吟談弄律奏琴絃   견화문제고운변 음담농률주금현
平平對偶招頭句 仄仄相和結尾聯   평평대우초두구 측측상화결미련

※ 그동안 지은 십여 수의 시를 남상호 교수로부터 중간 지도를 받으며 느낀 시에 대한 감
  상을 옮기다. 2009. 3. 19

손자를 안고

꼭 쥔 붉은 주먹 예쁜 글 숨기고
빨간 입속엔 방울구슬 머금었나
씩씩하게 자라서 큰 뜻을 품고
부지런히 갈고닦아 모두의 꿈 이루어라

抱孫 포손

紅拳秘雅章 赤口藏玲琅   홍권비아장 적구장영랑
壯長懷雄志 勤修顯大望   장장회웅지 근수현대망

※ 갓 태어난 손자를 안고 기원한 감상을 짓다. 2009. 6. 26

선향을 그리며

할머니를 생각하며

손자를 어르며 할머니의 사랑을 생각해 보니
아픈 배를 문지르기만 해도 다 나았지
벌꿀을 맛보고 싶을 땐 머리가 뜨겁다 했고
물엿을 마시고 싶을 땐 입이 마른다 했네

思祖母 사조모

按撫孫兒思祖看 只摩痛腹復平安　　안무손아사조간　지마통복복평안
想嘗蜂蜜告頭熱 欲飮芽糖言口乾　　상상봉밀고두열　욕음아당언구건

※ 손자를 어르다가 나에게 극진하셨던 할머니, 유난히 칭얼대었던 어린 시절을 생각하며
　 짓다. 2009. 11. 1.

동탄 신도시를 거닐며

신도시의 높은 빌딩은 놀랄 만큼 오르지만
옛 정 어린 기러기 오리들 동쪽 여울에 내리네
무리 진 아이들 웃는 얘기는 생생한 기운을 여는데
노작 홍사용의 비문은 눈물의 서한을 펼치네

散步新東灘區 산보신동탄구

新市高樓上瞿歎 舊情雁鴨下東灘　　신시고루상구탄　구정안압하동탄
群童笑話開生氣 露雀碑文展淚翰　　군동소화개생기　노작비문전루한

† 노작(露雀) 홍사용(洪思容)은 1922년 문학동인지 백조를 창간하였고, "나는 왕이로소
　 이다." 등 나라를 빼앗긴 울분을 향토언어로 작품을 남겼다. 동탄에서 출생하였고 그의
　 묘지 또한 반석산 노작공원에 있으며 문학관을 조성하여 조만간 개관을 앞두고 있다.
　 첫 번째 무수정 칠언절구를 완성하다. 2009. 12. 2

손자의 첫돌

세상에 나와 크게 울더니 보배 진주가 되어
돌잔치에 재롱 떤 모습 보여 주누나
모 필을 먼저 집었으니 천지자연을 읊고
마이크를 다음에 잡았으니 둥근 달과 놀려무나

孫子一週 손자일주

出世鴻鳴爲寶珍 週年宴席見才身　　출세홍명위보진　주년연석견재신
先抓角筆吟天地 後把筒簫弄月輪　　선조각필음천지　후파통소농월륜

※ 손자 예준이의 돌잔치에서 걷고 박수치며 돌잡히기 하는 모습을 보고 짓다. 2010. 6. 26

맏손자의 첫돌

선향을 그리며

딸이 가있는 곳의 안전을 묻다

아프칸에 간 딸이 귀국하는 날
폭군의 급사한 보도문이 만연하였네
너 있는 곳이 평화로운가 물었더니
어느 곳이 더 불안한지 모르겠다네

問女住安全 문녀주안전

阿富去娘歸國日 暴君急死報文漫　　아부거낭귀국일　폭군급사보문만
問他汝住平和麼 何處不知尤不安　　문타여주평화마　하처부지우불안

* 아프카니스탄 재건지원단 의료팀에 가있던 딸이 휴가로 귀국하는 날 인천공항에서 영
  접하며 그곳의 안전을 묻다가, 김정일 사망 발표 다음날이라 TV에서는 불안한 상황을
  계속 방영하고 있는 가운데 의미 있는 얘기라 여겨 짓다. 2011. 12. 20

심폐소생술을 찬미하다

졸도하여 위험한 이웃이 생명의 위기에 처했는데
간단한 응급처치로 생의 자리를 구했네
딸은 작은 시술을 펴서 사람을 구하는데
내가 좇는 학문과 시는 누구를 위한 것인가

讚心肺蘇生術 찬심폐소생술

卒倒危隣處命絲 簡單應急救生基　　졸도위린처명사　간단응급구생기
女施小術活人也 道學詩文之爲誰　　여시소술활인야　도학시문지위수

* 둘째 딸이 새벽에 목욕탕에 갔다가 이웃 할머니가 목욕탕 안에서 졸도한 것을 보고, 심폐
  소생처치를 하며 병원에 이송토록 하여 가료중인 것을 보고 짓다. 2011. 12. 23

한강

금강산 물과 태백산 물이 합쳐 흐르니
아리수 예쁜 이름 물오리 더불어 뜨는구나
삼국이 다툴 때는 탐스런 사슴뿔이더니
한 민족으로 통합하니 상서로운 기린의 머리라네
기백이 막힐 때는 은둔의 언덕이고
빗장을 열어 개방하니 역동의 땅이라
치산치수를 계속 이어간다면
젖과 꿀이 넘치는 사랑의 강은 유장하게 흐르리

漢江 한강

金剛太白合江流 阿利芳名與鴨浮　　금강태백합강류 아리방명여압부
三國爭邊貪鹿角 一民統域瑞麟頭　　삼국쟁변탐녹각 일민통역서린두
鎖封氣魄沈潛岸 開放心魂力動洲　　쇄봉기백침잠안 개방심혼역동주
修堰治山如可續 慈河乳蜜繼長悠　　수언치산여가속 자하유밀계장유

※ 한국한시협회 한시학당 과제로 제출하여 첨삭 지도부분 없이 수강생 중 장원이라 하여
　박수를 받다. 2011. 12. 16

선향을 그리며

손녀를 안고

웃는 입은 앵두같이 붉고
우는 소리는 옥경처럼 맑구나
천진으로 덕의 뜻 머금고
지혜로 어진 마음 쌓아야지

抱孫女 포손녀

笑口櫻桃赤 鳴聲玉磬淸　　소구앵도적　명성옥경청
天眞含德志 知慧蓄仁情　　천진함덕지　지혜축인정

※ 갓 태어난 손녀를 보며 짓다. 2012. 4. 12

며느리를 기리며

수년전에는 아들 낳아 즐겁더니
설 쇠고는 딸 낳아 기쁘구나
고통을 참으며 집과 회사 일을 겸하니
봄꽃들마저 어미의 자애를 축복하는구나

讚媳 찬식

年前生子樂 歲後産娘僖　　연전생자락　세후산낭희
忍苦兼家社 春花祝母慈　　인고겸가사　춘화축모자

※ 아들에 이어 딸까지 순산한 며느리를 축하하며 짓다. 2012. 4. 14

춤곡 강남 스타일

춤곡 강남 스타일
돌고 돌아 내 자리까지 왔네
세 살 된 손자가 춤추며 뛰니
여덟 달 손녀가 몸을 뒤집네

江南風 강남풍

舞曲江南態 回回到我筵　　무곡강남태　회회도아연
三年孫子踊 八月女兒顚　　삼년손자용　팔월여아전

※ 손자 예준이와 손녀 예원이의 재롱을 보며 짓다. 2012. 11. 28

범종을 울리며

한 번 치니 용과 호랑이가 싸우는 듯
두 번 때리니 뼛속까지 놀라네
더 두드리니 사파가 진동하더니
울기를 마치니 만 가지 걱정 조용해지네

打梵鐘 타범종

一功龍虎搏 二打骨心驚　　일공용호박　이타골심경
又敲娑婆振 鳴終萬慮平　　우고사파진　명종만려평

※ 막내딸 소라와 수원 화성 서장대에 올라 범종을 치며 읊다. 2013. 12. 2

낙원시집 발간의 감회

안팎에서 스승과 제자가 함께 쪼고 뚫으니
낙원시집 초간이 나왔네
소리를 가려 구를 찾음은 탄생의 고통이었고
운을 찾아 성문함은 연찬의 어려움이었지
엮은 후 보고 읊으니 그 향기 국죽이고
펴낸 지금 두루 보니 그 기운 매난이라
시작은 비록 작고 질박하나 품은 정은 각별하니
함께 이어감을 축하하여 사계가 기뻐하네

樂園詩集發刊所懷 낙원시집발간소회 2013. 1. 29

啐啄同時師弟攢 樂園詩集發初刊	줄탁동시사제찬 낙원시집발초간
選聲覓句誕生苦 探韻成文硏考難	선성멱구탄생고 탐운성문연고난
編後看吟香菊竹 頒今閱覽氣梅蘭	편후간음향국죽 반금열람기매란
始雖小拙懷情恪 祝賀俱承這界歡	시수소졸회정각 축하구승저계환

한국한시협회 한시학당 개강, 신근식 선생과 윤열상 회장

이충무공 탄신 사백육십팔 주

남산 북쪽 기슭에 한 사내아이가 태어났으니
형색은 범상하나 의지는 옮김이 없었네
배우기를 좋아하여 책을 읽음에 사리에 통했고
연마를 즐겨 무술 훈련은 신기에 이르렀는데
하늘이 바른 선비 낼 때는 먼저 그 생각을 어지럽히고
풍파가 만든 간신들 몸을 곤고케 하였으니,
백의종군 얼마나 통탄스럽고
황천에 처자식 보냄은 얼마나 슬펐던가
오직 백성향한 충성의 학익진은 왜함을 섬멸하였고
호국의 거북선은 적기를 쓸어냈네
스물세 번 싸워서 모두 이기고도
다시없는 마지막 일전에 몸을 바쳐 희생하였으니
용병의 머리와 꼬리는 제갈공명의 전략과 같았고
나라에 대한 충정은 악비의 모습이었네
죽음을 무릅쓰면 산다는 외침 오늘 더욱 중요한데
성웅의 탄생을 축하하니 자연 즐거워지네

선향을 그리며

心祝李忠武公誕辰四百六十八週碁

심축이충무공탄신사백육십팔주기

南山北麓出男兒　形色凡常志不移　남산북록출남아　형색범상지불이
好學讀書通事理　樂磨練武至神奇　호학독서통사리　낙마연무지신기
天成傑士先勞思　風作奸臣後困肢　천성걸사선노사　풍작간신후곤지
白服從軍何痛歎　黃泉送息幾哀悲　백복종군하통탄　황천송식기애비
忠民鶴翼殲倭艦　護國龜船滅敵旗　충민학익섬왜함　호국귀선멸적기
二十三爭全勝得　更無一戰獻身犧　이십삼쟁전승득　갱무일전헌신희
用兵首尾孔明略　奉帝始終鵬擧儀　용병수미공명략　봉제시종붕거의
必死卽生今復要　誕雄祝賀自然怡　필사즉생금부요　탄웅축하자연이

※ 한국한시협회 한시학당 과제로 처음 배율을 시도하다. 2013. 4. 18

연민 이가원 선생의 시를 차운하다

열상 문인들 오늘에 만나니
길조가 푸른 하늘에 비치누나
한번 보니 동인들 배우는 모습인데
자세 보니 연민선생 연구하던 모습이라
사조의 논설은 곧았고
풍속의 평전은 원만하였으니
옛 작품은 민족혼의 계곡이요
신작은 국사의 샘이라
역서는 한국학의 길이요
자전은 한문의 냇물인데
유고 록은 세 수레 무더기나
남긴 시는 몇 시렁의 책인가
금언은 국화처럼 고아하고
옥훈은 단풍같이 아름다워라
많은 선비들 이 봉우리에 기대섰고
여러 생도들 그 정상에 달리었구나
춘향은 사설 위에 아지랑이고
명월은 시운 중에 안개라
풍자극 금오신화는 빛나고
서유기록 열하는 현현하니
청송은 옛 그대로 이 언덕에 높고
백로는 여전히 그 연못에 내리는데
보물창고를 이제야 만나니
시인의 마음은 홀로 상쾌하여라

선향을 그리며

次淵民先生詩韻 차연민선생시운

洌門今日遇 吉兆映蒼天　　열문금일우　길조영창천
一見同人習 詳看雪館挈　　즉견동인습　상간설관연
思潮論說直 風俗評傳圓　　사조논설직　풍속평전원
古作民魂谷 新成國史泉　　고작민혼곡　신성국사천
譯書韓學逕 字典漢文川　　역서한학경　자전한문천
稿錄三車垜 遺詩幾架篇　　고록삼거타　유시기가편
金言如菊雅 玉訓似楓娟　　금언여국아　옥훈사풍연
群士賴峰立 諸生依頂懸　　군사뢰봉립　제생의정현
春香詞上靄 明月韻中煙　　춘향사상애　명월운중연
諷劇螯談赫 西遊熱水玄　　풍극오담혁　서유열수현
青松高此峴 白鷺下其淵　　청송고차현　백로하기연
寶庫才逢裏 騷心獨爽然　　보고재봉리　소심독상연

※ 열상고전연구회가 주관하는 모임에 참가하기 위하여 연민 이가원 선생의 시를 차운하여
　짓다. (2013. 10. 16)
※ 동년 11월 8일 연세대학교에서 제10회 연민학회 학술대회가 열렸는데 여기에서 남상호
　교수에 이어 내가 이 시를 낭송하여 갈채를 받다.

작시 사백수를 넘기며

공자께서 시는 생각에 사특함이 없는 것이라 하였으나
기본형을 갖추자면 뜻하지 않은 것도 더하네
평측과 운음을 따름은 소리 울림의 미요
봉요 학슬을 보충함은 말 흐름의 아름다움이라
시로 인하여 세상의 그림자를 다시보고
시로써 아름다운 옛 얘기를 들을 수 있네
스승의 지도 육년에 사백수를 벌리고 보니
계절의 느낌을 즐겨 읊는 한 마리 청개구리라

自吟越四百首 자음월사백수

仲尼韻道思無邪　具備基形不意加　　중니운도사무사　구비기형불의가
平仄隨音聲響美　補腰磨膝語流嘉　　평측수음성향미　보요마슬어류가
因詩再見森羅影　與爾能聽古事華　　인시재견삼라영　여이능청고사화
師導六年陳四百　樂吟季感一靑蛙　　사도육년진사백　낙음계감일청와

※ 한시 짓기 사백수를 넘기며 감흥을 읊다. 2014. 4. 27

선향을 그리며

세월호 참사를 통탄하며

학생 사백인 배를 믿고 올랐는데
태반이 고혼 되어 부모에 앞섰네
과적에 묶지 않고 구명도 늦었고
많이 관여하고도 책임 없이 배회만 하였으니
한번 보기에 세월호는 홀연 침몰하였지만
자세 살피니 나라가 기울어질까 걱정이구나
요절은 통탄이나 피안에 이르기를 빌며
안전한 사회 서로 일깨워 전해야 하리

痛嘆世越號慘事 통탄세월호참사

學生四百信乘船 太半孤魂父母先	학생사백신승선	태반고혼부모선
過積不縋遲救命 多關無責績徘旋	과적불붕지구명	다관무책속배선
一看世越空沈沒 詳察靑丘怕側顚	일간세월공침몰	상찰청구파측전
夭折痛嘆祈彼岸 安全社會互醒傳	요절통탄기피안	안전사회호성전

※ 세월호 참사를 생각하며 한시학당 과제로 짓다. 2014. 5. 4

박사과정에 들어서며

한가한 시간 많아 좋았는데, 칠십에 박사과정 시작하다니
학문은 끝없는 물음이라, 남은 일생 즐겨 볼 수 있겠네

入博士科 입박사과정

只有多閒好 從心始博程　　지유다한호　종심시박정
學文無盡問 可樂一餘生　　학문무진문　가락일여생

※ 지난 6월 25일 강원대학교 대학원 국어국문학과 후기 박사과정 합격발표와 이에 따른
　수학준비를 하면서 짓다. 2014. 7. 2

박사학위 과정중 이경수 교수의 본가를 찾아서

선향을 그리며

어찌 가르칠까

손자와 함께 작은 조개를 주었는데
이를 넣고 끓이자 대성통곡한다.
불쌍한 생명을 놓아주지 않았다고
아, 순수한 영혼 어찌 가르쳐야 할꼬?

何教 하교

與孫挈小蛤　煮此大聲呱　　여손나소합　자차대성고
不放憐生命　純魂何教呼　　불방련생명　순혼하교호

※ 가족 나들이로 삼척 맹방해수욕장에서 주은 조개를 저녁에 숙소에 와서 끓여먹으려다,
　손자 예준이가 대성통곡한 일을 생각하며 새벽에 일어나 한 수 짓다. 2014. 8. 16

곡운 구곡을 찾아서

곡운 구곡이 신선의 거문고 펼치니
맑은 산골 물소리 만금을 연주하네
숨은 선비는 옛날 이 그림 읊었는데
후생은 오늘 그 흐르는 마음을 보고 있네

訪谷雲九曲 방곡운구곡

谷雲九曲展仙琴　淸澗千聲奏萬禽　　곡운구곡전선금　청간천성주만금
隱士古時吟此畵　後生今日見流心　　은사고시음차화　후생금일견유심

† 강원대하교 국어국문학과 박사과정 야외수업 시 허준구 선생의 안내로 곡운구곡을 답사
　하며, 중국인 학생 교부연의 한시낭송을 듣던 감상을 옮기다. 2014. 11. 1

외손을 안고

절규를 다하매 고고한 울림, 염군 탄생 소리라
이미 천하에 모두 알렸으니
씩씩하게 자라서 아름답게 살아야지

抱外孫 포외손

盡吼呱呱響 廉君誕出聲   진규고고향 염군탄출성
已知天下總 壯長活佳生   이지천하총 장장활가생

※ 외손자의 탄생을 지켜보며 짓다. 2015. 6. 24

신생모

그때의 산고는 벌써 잊어버리고
주야로 정성스런 마음 다한다.
어지러운 울음에 함께 따라 울다가
까닭 없이 엄마를 그린다.

新生母 신생모

已忘其産苦 晝夜盡誠神   이망기산고 주야진성신
亂哭同從淚 無緣想母親   난곡동종루 무연상모친

※ 맏딸 소영이가 신생아의 보챔에 제대로 잠도 못자며 애쓰는 모습을 보고 새벽에 짓다.
  2015. 7. 17

서울대학교에 등교하며

이름이 헛되지 않으니
학문으로 벗들이 모이는 총림이로다
만학도는 오히려 신기한 것 좋아하니
나이도 잊고 알아줄 벗을 찾네

上首尒大 상수이대

號不虛賢達 令文會友林   호불허현달 영문회우림
晩生猶好妙 忘歲索知音   만생유호묘 망세색지음

※ 강원대학교 이경수 교수의 권유로 한 학기 동안 서울대학교 김명호 교수 강의실에서 젊은
   이들과 함께 배우며 그 감상을 옮기다. 2015. 11. 25

평창 동계 올림픽 대회를 참관하고

TV 속에서만 보던 올림픽 경기장
수많은 군중 가슴에 물결을 일으키네
대관령 눈 속에 선 묘한 예술 겨루고
강릉 빙상에 선 기이한 아름다움 다투며
각 나라 각색의 많은 사람 모여서
한 친구 한 마음 일체되어 헤아리네
진동하는 함성소리 천지에 가득한데
이곳에 내가 있었다는 감회는 길게 이어지네

參觀平昌冬季五輪大會 참관평창동계오륜대회

唯觀映像五輪場 群衆數千胸部浪   유관영상오륜장 군중수천흉부랑
關嶺雪中爭妙藝 江陵氷上鬪奇芳   관령설중쟁묘예 강릉빙상투기방
各邦各色多人會 同友同心一體量   각방각색다인회 동우동심일체량
振動喊聲天地滿 我存此處感懷長   진동함성천지만 아존차처감회장

※ 2018 평창동계 올림픽 대회 스키점프대와 강릉 아이스아레나 피겨댄스를 보고, 느낀
  감회를 회상하며 짓다. 2018. 2. 19일 ~ 20일

문학박사 학위를 취득한 감회

72세에 박사는 고행이었으니
학위를 받으니 감회가 새롭네
경서는 이해하기 어려워도 시문은 솔직하고
철학은 무지하지만 운율은 진실이라고
장장이 논증하느라 사계절이 지나고
절절이 풀어쓰느라 삼년이 갔네
달과 더불어 스스로 읊는 것 평생의 낙이라
생도를 만나자 포부를 펴보네

文學博士學位取得感懷 문학박사학위취득감회

七二年齡博士辛　奉承學位感心新　칠이년령박사신　봉승학위감심신
經書難解詩文率　哲字無知韻律眞　경서난해시문솔　철자무지운률진
論證章章過四季　述懷節節去三春　논증장장과사계　술회절절거삼춘
自吟與月平生樂　卽遇同徒抱負伸　자음여월평생락　즉우동도포부신

※ 지난 달 22일 강원대학교총장으로부터 문학박사학위를 취득하고 춘천문화원에서 강
　의하게 된 감회를 읊다. 박사학위 논문은 손호정, 『서파(西坡) 오도일(吳道一)의 생애와
　시세계』(강원대학교, 2018)이다. 2018. 3. 4

필자의 문학박사학위 수여식에 가족과 함께

필자의 논문과 공동으로 창작하여 출판한 시집

팔팔 동수회 30년에 부쳐

같은 길 함께 닦아온 삼십년
시험과 공직의 길은 만남의 인연이었지
옛적에는 청진동서 해장하러 모였는데
오늘에는 솔빛 리조트에서 풍광 보러 떠났네
호기롭던 청운은 과거의 꿈
노쇠 백발은 근래의 형편이라
잔을 대하는 술의 흥취 회춘의 보약이니
하나 같이 느끼는 수심 함께 녹여 보세나

附八八同修會三十年 부88동수회삼심년

同道同修三十年 登科宦路遇因緣　동도동수삼십년　등과환로우인연
古時淸進解腸會 今日松光開眼遷　고시청진해장회　금일송광개안천
豪氣靑雲過去夢 老衰白雪近來便　호기청운과거몽　노쇠백설근래편
對卮酒興回春寶 一感愁心共鑠然　대치주흥회춘보　일감수심공삭연

※ 1988년 사무관 승진시험을 위해 함께 수학하던 벗들이 '88동수회'를 만들고 30년 후
　삼척 솔빛 리조트에서 다시 만나 봄나들이 하던 정경을 읊다. 2018. 3. 20

팔팔 동수회원과 삼척해변에서

선향을 그리며

모월 최완희와 홍유릉을 찾아서

금곡리의 봄날, 친구 따라 황제의 언덕을 찾았네
송백은 다투어 솟아오르고
벚나무와 느티나무 높이를 겨루며 드리웠네
짐승 석상은 쌍을 이루며 벌려 섰고
황릉의 비석은 홀로 섰는데
나라를 상징하는 전각은 복원하였고
왜의 모습 연못은 그대로 남았네
묘원의 경관이 흡족하니,
친구네 인심도 후하게 베풀어
대담은 결국 한잔 술에 이르렀으나
이어지는 얘기로 여러 잔을 들었네
역사는 강물 같이 흘러가는데, 시정은 나무 가지처럼 얽히네
늙은이란 말 들을수록, 생애를 함께할 필요를 느낀다네

與崔茅月訪洪裕陵有感 여최모월방홍유릉유감

金谷里春日	與朋尋帝崖	금곡리춘일	여붕심제애
柏松爭秀聳	櫻欅競高垂	백송쟁수용	앵거경고수
周郭雙羅像	皇陵獨立碑	주곽쌍라상	황릉독립비
復原徵國閣	尚有表倭池	복원징국각	상유표왜지
墓苑景光足	友家心厚施	묘원경광족	우가심후시
對談終一酒	相笑擧多卮	대담종일주	상소거다치
歷史流江水	詩情繚樹枝	역사유강수	시정료수지
益尤稱老叟	必感共生涯	익우칭노수	필감공생애

※ 한시힉당 수업을 마치고 모월 최완회를 따라 홍유릉과 친구의 집, 그리고 인근 주점에서
   술잔을 기울이며 짓다. 2018. 4. 13

삼세가 공존하는 우주

누워서 은하수를 쳐다보다가 둥근 우주를 생각하네
얼마나 멀리 떨어져서 광년으로 세는가
오늘의 빛 선은 끝없는 과거
내일의 빛줄기 또한 한없는 전의 일
할아버지가 보는 새별은 오랜 후의 것
손자가 볼 오랜 별도 이미 먼저 소멸한 것
염화미소 바로 이와 같지 않을까?
삼세가 한 마당에서 시간과 더불어 도네

三世共存宇宙 삼세공존우주

臥仰銀河思宇圓 幾何遠隔數光年　와앙은하사우원　기하원격수광년
只今色線無窮去 明日燉芒不盡前　지금색선무궁거　명일돈망부진전
祖望新星長續後 孫看舊宿已消先　조망신성장속후　손간구숙이소선
拈花微笑若斯否 三世同場時與旋　염화미소약사부　삼세동장시여선

※ 우연히 밤하늘의 별을 보다가 짓다. 2018. 6. 9

한시창작에 영감을 주는 손자손녀들

선향을 그리며

문화원 개강의 감회

새봄에 문화원이 동문을 부르니
운집한 한량들 학문의 원류를 찾네
전통을 계승하고자 고사를 좇고
미래를 개척하고자 현금의 생각을 들추는데
산수를 찾아 그리며 우리의 넋을 일깨우고
돌을 두드려 풍속을 읊으며 나라의 혼을 일으키네
천지에 가득한 먼지로 마음이 울적할 때
벗과 더불어 묻고 답하니 만정이 달리네

文化院開講有感 문화원개강유감

新春文院呼同門　雲集閑良探學源　　신춘문원호동문　운집한량탐학원
傳統繼承追古事　尖端開拓擧今論　　전통계승추고사　첨단개척거금론
尋山畵水醒吾魄　鼓石吟風起國魂　　심산화수성오백　고석음풍기국혼
天地滿塵心鬱際　與朋問答萬情奔　　천지만진심울제　여붕문답만정분

※ 새 학기 개강을 앞두고 춘천문화원 강사회에 참석하고 짓다. 2019. 2. 21

삼일운동 100주년을 돌아보고

삼일의 함성 백년을 지났으나
피 흘린 역사 지금껏 이어지네
민생을 살피지 않다가 쇠퇴하더니
나라지킴에 무심하여 결국 넘어졌네
평화를 구걸하다 노예의 속박을 겪었는데
시혜에 의존하니 전쟁의 연기 두려워지네
지난날 벌써 잊고 언제 독립을 이룰까?
태극기 앞에서 홀로 부끄러워할 뿐이네

三一運動百週年回顧 삼일운동백주년회고

三一喊聲過百年 血流歷史至今連　삼일함성과백년 혈류역사지금련
民生不察終衰退 國保無心結倒顚　민생불찰종쇠퇴 국보무심결도전
求乞平和經隸屬 依存施惠恐爭煙　구걸평화경예속 의존시혜공쟁연
已忘昔日何時立 太極旗前獨恥然　이망석일하시립 태극기전독치연

※ 삼일절 아침 태극기를 걸며 짓다. 2019. 3. 1

선향을 그리며

손녀딸의 피아노 연주대회를 참관하고

연주하는 건반 중에 고사리 손 달리니
날아온 백학이 춤추는 듯하네
연주 마친 미소는 기어이 해냈다고 알리니
내외 가문에 둘도 없는 아이라

參觀孫女鋼琴演奏大會 참관손녀강금연주대회

演奏盤中蕨手馳 飛來白鶴舞旋疑　연주반중궐수치 비래백학무선의
終音微笑告完璧 內外家門無二兒　종음미소고완벽 내외가문무이아

※ 경기도문화재단에서 열린 뮤즈월드 전국장학콩쿠르에 초등부 1학년생으로 나간 예원
  이의 피아노 연주를 참관하고 짓다. 2019. 3. 23

서오지리 연못을 찾아서

벗과 더불어 연못을 찾으니
흰 연 붉은 연꽃 활짝 피었네
한 선생이 잡연도 있다고 하여
그 해학을 알고 크게 웃었네

訪鋤吾芝里蓮池 방서오지리연지

與友尋蓮澤 白紅花滿開　여우심연택 백홍화만개
一師言有雜 爆笑覺其諧　일사언유잡 폭소각기해

※ 시백 안종중선생, 신대선회장과 화천 서오지리 연꽃단지를 처음 돌아보는 중에 시백이
  흰 연도 있고, 붉은 연도 있고, 잡년도 있다고 하여 폭소를 터뜨리며 짓다. 2019. 7. 28

코로나 바이러스 세계 대유행

우한 코로나 바이러스, 남의 일로만 생각하였네
춘절이 지나도 조용하고, 보름이 되어도 즐거웠으니
외국에 의약품을 내보내고, 중국에 마스크를 수출하였으나
허풍은 곧 끝났으니, 괴질은 정이 주린 듯 돌아왔네
신천지 교회에서 폭발하여, 달구벌에 만연하였으니
어제는 십여 명이 위태하더니, 오늘은 수백 명이 위험하네
젊은이는 가족에게 전파하고, 의료진은 환자를 오염시키니
병원 문 앞에서 사망하고, 의료품은 뒤늦기만 하네
서울 경기에 확산되고, 팔도에 놀란 소문 옮기니
봉사원은 모집에 응하고, 구급대원 파견에 시간을 다투네
마스크 생산을 독려하고, 매점매석을 엄금하며
모임의 접촉을 멈추니, 영업의 폐점이 뒤따르네
드디어 전 세계의 유행으로 난리인데
오히려 한국은 모범의 상징이 되었으니
오염 검사가 신속하고, 환자 처치 능력은 빛났도다
그러나 교류는 막혔으니, 설상가상 거래는 이지러지고
요청한 재원은 물 같으니, 세금의 지탱이 걱정되네
질병 전쟁 자초지종의 역사는, 체제에 대한 담론이 마땅하네
무한 자유는 혼란을, 평등의 억지는 속임이니
질서는 어떻게 유지하며, 민간의 활력은 또 어찌 기약하리
인류가 만난 대 재앙 속에서
조화의 묘를 때에 다시 생각해보네

선향을 그리며

冠狀病毒世界大流行 관상병독세계대유행

武漢冠形毒	思量他事之	무한관형독	사량타사지
已過春節寂	亦到望蟾嬉	이과춘절적	역도망섬희
海外出醫藥	於華輸口帷	해외출의약	어화수구유
虛風消滅卽	怪疾正歸飢	허풍소멸즉	괴질정귀기
爆發新天地	漫然達伐彌	폭발신천지	만연달벌미
十餘名昨殆	數百者今危	십여명작태	수백자금위
靑歲傳家族	治師染患兒	청세전가족	치사염환아
院門前死了	療品後來遲	원문전사료	요품후래지
擴散京畿屬	驚聞八道移	확산경기속	경문팔도이
奉員應募集	救隊遣爭時	봉원응모집	구대견쟁시
督勵生成罩	嚴規賣惜其	독려생성조	엄규매석기
會場休接觸	營業廢商追	회장휴접촉	영업폐상추
方世荒波亂	猶韓敎範旗	방세황파란	유한교범기
檢查間迅速	處置技能熙	검사간신속	처치기능희
但是交流閉	加霜受給虧	단시교류폐	가상수급휴
請要財産水	憂慮稅金支	청요재산수	우려세금지
病戰初終史	談論體制宜	병전초종사	담론체제의
自由無限混	平等强行欺	자유무한혼	평등강행기
秩序何持續	蒼氓那活期	질서하지속	창맹나활기
災殃人類遇	再考妙和秖	재앙인류우	재고묘화지

※ 코로나19 대유행으로 아이들 개학이 계속 연기되는 가운데 동탄 손자들 집에서 짓다.
　2020. 3. 26.

질병의 난리를 체험하며

해외의 직장에서 귀국한 아들
두 주간 격리를 내 집에서 유지하니
아비는 오히려 며느리 집서 손자 돌보고
어미 또한 주방에서 수저를 고르네
오늘의 새로운 풍속 유배의 제도
장래에 옛일 일상으로 전하겠지
시청하던 보도소식 나의 일로 만나니
질병의 난리 아연 실감해 보네

體驗病亂 체험병란

海外職場歸國兒 兩週隔離我家持　해외직장귀국아 양주격이아가지
父猶媳戶看孫子 母亦廚房整箸匙　부유식호간손자 모역주방정저시
今世新風流配制 將來古俗日常遺　금세신풍유배제 장래고속일상유
視聽報道逢吾事 病亂啞然實感知　시청보도봉오사 병란아연실감지

※ 코로나 바이러스 난리로 귀국한 아들은 춘천 집에서 2주간 격리되고, 나는 아내와 아들
　집 동탄에서 손자들과 지내며 짓다. 2020. 4. 17

선향을 그리며

마음

나의 가슴과 머리에는 묘한 것이 있으니
조석으로 변하며 끝없이 내달리네
깊은 물속은 살필 수 있어도
얕은 그 속은 알 수 없고
폭발하는 거친 정은 마치 들불인데
어쩌다 따뜻한 기운을 만나면 숲속의 못이라
스스로 누를 수 없는데 어찌 멈출까
그저 경서를 읽으며 성현의 말씀을 좇을 뿐이네

心 심

我的胸頭有妙之	夕朝變化莫窮馳	아적흉두유묘지	석조변화막궁치
深深水底方能察	淺淺斯中不可知	심심수저방능찰	천천사중불가지
爆發激情如野火	偶逢和氣似林池	폭발격정여야화	우봉화기사림지
自無制御豈休止	只解讀經追聖詞	자무제어기휴지	지해독경추성사

＊ 우연히 새벽 침대에서 생각나 짓다. 2019. 11. 24

한시를 배우는 다실

교육대학 문 앞에 한 장소를 정하였으니
한시학습에 좋은 다실이라
코로나로 집안에서 우울했던 벗들
율 지어 문자의 향기를 읊고 노래하네

漢詩學習茶室 한시학습다실

教大門前定一場 漢詩學習好茶房　　교대문전정일장　한시학습호다방
屋中以毒鬱朋友 作律誦歌文字香　　옥중이독울붕우　작률송가문자향

※ 소양한시회에서 정한 한시학습 카페의 정경을 읊다. 이 카페는 내가 빔프로젝트를 준비
하고 지난 6월 24일에 열어, 매주 수요일 오전 한시를 가르치고 배우며 낭송하는 시간
을 갖는다. 코로나19로 반년 여 문화원 강좌 등이 모두 쉬기 때문이다. 2020. 7. 8

남상호 교수의 한시강의

선향을 그리며

김치 만드는 과정을 지켜보고

초겨울 큰일은 김장 만드는 일
채소 구매에서부터 잘 익기를 기도하기까지라
무 배추 파는 사람의 내장을 활발하게 하고
고추 생강 마늘은 폐를 건강하게 조절한다니
갈아 빻고 자르고 열어 소금물에 담갔다가
버무리고 채우고 싸서 독주머니에 저장하네
가족이 돌아가며 맛보고 담소하며 하는 말
봄까지 둘도 없는 반찬 향기의 왕이라

見陳藏製造過程 견진장제조과정

初冬大事造陳藏　自買菜蔬祈熟良　　초동대사조진장　자매채소기숙량
蘿蔔菘蔥腸動活　辣椒薑蒜肺調康　　나복숭총장동활　날초강산폐조강
磨舂截鬪沈鹽水　攪拌塡包貯甕囊　　마용절벽침염수　교반전포저옹낭
家族廻嘗談笑話　至春無二饌香王　　가족회상담소화　지춘무이찬향왕

※ 아내의 김장과정을 지켜보고 짓다. 2020. 11. 17

경춘시화집 출간에 부쳐

서울과 춘천 글벗들이 시집을 내니
삼십 삼년간의 옛 애기 이어지네
청평계곡과 운현궁의 족적을 다시 읊으니
잔 권하며 세월을 희롱하던 일 눈앞에 선하네

題京春詩話集出刊 제경춘시화집출간

京春文友出詩篇 三十三年故事連　경춘문우출시편　삼십삼년고사연
再詠淸平雲峴跡 勸杯弄月眼前鮮　재영청평운현적　권배농월안전선

※ 소양한시회 공동으로 만든 경춘시화집 『삼십 삼년 만에 서울과 춘천 한시로 잇다』의 출간
에 즈음하여 짓다. 2020. 11. 19

청평사 계곡 입구에서 만난 운현시회와 소양시회 회원

선향을 그리며

찬바람 부는 호반의 나체상

호반의 찬바람에 나체상 외로운데
엄마는 수영복에 아이는 발가숭이
아랫도리 내놓아 늙은이 맘도 얼어붙으니
여름까지 방으로 옮겼다가 다시 세움이 어떠리

寒風湖畔裸體像 한풍호반나체상

湖畔寒風裸像孤 母衣泳服子衣無　호반한풍나상고　모의영복자의무
下身露出耆心凍 到夏移房再立乎　하신노출기심동　도하이방재립호

※ 저녁 무렵 아내와 산책하다가 춘천문화방송국 언덕 가에 세워놓은 모자 동상을 보고 짓다.
　2020. 12. 3

춘천MBC 언덕의 모자 동상

큰 눈에 생각나는 숙부

복무하다 휴가 후 귀대해야 하는데
밤새 큰 눈이 처마까지 쌓였었네
친구 같던 숙부가 무릎으로 길을 내던 일
돌아가신 이태에 때도 없이 생각나네

大雪想起叔 대설상기숙

軍務暇休歸隊期 過宵大雪積檐垂　　군무가휴귀대기　과소대설적첨수
如朋叔以膝開路 作故兩年思不時　　여붕숙이슬개로　작고양년사불시

※ 대설 날 TV 황금연못 프로에서 눈 오던 겨울얘기를 듣고 짓다. 2020. 12. 5

소리와 색 그리고 생각

아침에 일어나면 밝은 빛이 보이고
눈을 감으면 새소리 들리네
귀를 막으면 온갖 형상 움직이니
생각까지 멈추면 어떤 길에 들어설까

聲色思 성사색

起寢見明色 閉睛聽鳥聲　　기침견명색　폐정청조성
爲聾千像活 止思入何程　　위농천상활　지사입하정

※ 잠깬 침대에서 뒤척이며 짓다. 생각까지 멈추면 어떤 경지에 이를 것 도 같으나 파스칼의 '인간은 생각하는 갈대'라든가 데카르트의 '나는 생각 한다 고로 존재 한다'라는 명제가 있듯이 생각까지 멈추고 무엇을 어떻게 깨달을 수 있단 말인가? 반야심경을 암송해 봐도 그 경지를 알 수 없다. 2020. 11. 25

난정서우 작품전시회의 소회

난정 서우회전이 격년으로 열리는데
예술회관에 높이 달고 다시 돌아보니
예서와 행서, 나의 배움은 삼악에 머무는데
초서와 그림, 벗들의 재능은 저 높은 곳을 향하네
물위에 푸른 연은 불자 같고
구름 속의 백학은 신선 같구나
이번에 처음 낸 병풍에 부끄러움이 일지만
고통을 참으며 정성을 쏟던 회포가 맴도네

蘭亭書友會展所懷 난정서우회전소회

書展蘭亭闢隔年　掛高藝館更觀邊　　서전난정벽격년　괘고예관갱관변
隷行我學留三嶽　草畵朋才向九天　　예행아학유삼악　초화붕재향구천
水上青蓮如佛子　雲中白鶴似神仙　　수상청련여불자　운중백학사신선
今屛初出愧心起　忍苦精誠懷抱旋　　금병초출괴심기　인고정성회포선

※ 전시를 위해 난정서우들의 작품을 춘천문화예술회관에 걸고 짓다. 2020. 12. 10

소양서우회 전시회(춘천 문화예술회관)

고향을 그리며

필자는 1947년 강릉시내에서 서남쪽 20리길 구정면 덕현리에서 태어났다. 6.25전쟁의 혼란을 거치고, 할아버지와 할머니 손에서 자라며 고등학교를 마친 다음, 1년 후 공무원으로 임지를 전전하다가 강원도청에서 정년을 마쳤다. 도청소재지인 춘천에서 살아온 지 40년이니, 강릉에서 자라던 기간의 배가 된다. 그러나 고향 하면 먼저 덕고개의 정경이 떠오른다. 감수성이 가장 예민한 청소년기에 마주하였던 사계절 산천의 풍경, 집안의 예도와 고장의 풍속, 말씨와 억양, 태도와 기질에서 그곳 사람임을 숨길 수 없다. 고향을 떠나 강산이 다섯 번 변하고, 사는 사람 태반이 바뀐 지금에도 그 마을에는 옛 자취가 고스란히 남아있다. 돌아가 살 수도 있겠지만 그러지 못하니 꿈속에서 그린다.

설날귀성

구름차로 고개를 넘어 임영을 내려 보니
푸른 바다 푸른 하늘 눈동자가 트이는데
흰 눈과 늙은 소나무 묵화를 그리고
월호평과 경포호수 푸른 들을 그린다
예의 도읍 인걸은 서울로 올라가도
덕 쌓은 어진 이들 정든 고향 다스리지
깊은 골짜기 산마을 예속을 전하고
성황당 늙은 나무 안녕을 기원하네

春節歸省 춘절귀성

雲車越嶺瞰臨瀛 碧海蒼空睜眼晴	운차월령감임영 벽해창공정안정
白雪老松描墨畵 月呼鏡浦寫靑坪	백설노송묘묵화 월호경포사청평
滅都人傑上京去 積德鄕賢守地情	예도인걸상경거 적덕향현수지정
深谷野村傳禮俗 城隍古木禱安寧	심곡야촌전예속 성황고목도안녕

※ 설날 집안 어르신께 세배하러 대관령을 넘어 강릉을 내려가며 느낀 감상을 짓다.
  2009. 1. 26

강릉시 구정면 덕현리 필자의 생가(기와가 함석으로 바뀌었다.)

재 춘천 강릉고등학교 동문 운동회에 부쳐

진리를 찾아 대관령을 넘은 강고 인이여!
바다 냄새와 솔 향이 의로운 정신을 호위하니
오늘은 춘천에서 동문의 정을 깊이 하고
내일은 곳곳에서 어려운 이웃과 함께 하세

付同門運動會 부동문운동회

求眞越嶺江高人　　구진월령강고인
海味松香護義神　　해미송향호의신
今日春川深友誼　　금일춘천심우의
明天處處共貧隣　　명천처처공빈린

※ 춘천댐 잔디구장에서 열린 추계 재 춘천 강릉고등학교 동문 운동회에 참가하여 격려의
　인사로 읊다. 2010. 10. 30

선향을 그리며

금광초등학교 시절을 그리워하며

금광의 옥야에 마을 학교를 세우니
초학의 천진들 문맹을 깨웠네
멍석 깐 교실은 병아리 뛰는 모습이고
필통 든 가방 속은 옥돌 부딪는 소린데
맑은 가을 운동회는 청군 황군의 싸움이요
만우절 속이기는 시비의 다툼이었지
반백년 전 친구들 돌이켜 생각하니
품은 생각 어릴 때 꿈 더욱 분명해지네

想金光初校時節 상금광초교시절 2012. 11. 8

金光沃野立鄕黌	初學天眞覺字盲	금광옥야입향횡	초학천진각자맹
草席房中雛躍色	筆筒包裏玉衝聲	초석방중추약색	필통포리옥충성
晴秋運動靑黃鬪	愚節欺行黑白爭	청추운동청황투	우절기행흑백쟁
半百年前回想友	所懷童夢更分明	반백년전회상우	소회동몽갱분명

금광초등학교 12회 동기생들과 영월 장릉에서

관동중학교 졸업 오십 주년에 부쳐

오십 주년 맞는 관동의 주인들
향학 당시는 천진난만 하였네
열매 따려 벗 나무 가지는 모두 낙엽이요
닭 씨름 겨루다 잔디는 공히 먼지바람인데
늦은 귀가 이 십리에 아들 얼굴 눈물이나
일직 나서기 삼년에 어머니 도시락은 사랑이었네
역사의 김남득 선생님 큰 뜻 일었고
문리의 정연수 선생님 용감성 펼쳤으니
교가의 북치는 울림 대관령을 뚫었고
웅변의 탄성소리 경포해변을 진동했네
연필 팔던 고운 친구 역도 계를 평정하고
빙과 메던 의로운 친구 화륜선 몰았으니
어떻게 참으며 일가를 이뤘는지 말하지 말자
어찌 일하며 가난을 면하였는지 얘기하지 말자
오늘 친구들 서로 만남으로 족하니
건강 위해 술 권하며 회춘을 즐겨보세

선향을 그리며

寄關東中卒五十週 기관동중졸오십주

週年五十關東主　向學當時天下眞	주년오십관동주　향학당시천하진
得果櫻枝皆落葉　爭跳莎草共風塵	득과앵지개낙엽　쟁도사초공풍진
晚歸廿里子顔淚　早出三秋親飯仁	만귀입리자안루　조출삼추친반인
歷史金師鴻志起　理文鄭傅勇心伸	역사김사홍지기　이문정부용심신
校歌鼓響穿山嶺　雄辯歡聲振海濱	교가고향천산령　웅변탄성진해빈
賣筆雅朋平力道　負氷義友運船輪	매필아붕평역도　부빙의우운선륜
勿言忍苦何成戶　毋話擔勞豈免貧	물언인고하성호　무화담로기면빈
今日知音相見足　爲康勸酒樂回春	금일지음상견족　위강권주낙회춘

※ 관동중학교 동창 모임을 앞두고 짓다. 13. 11. 9

관동중학교 1회 동기생들과 간현 수련원에서

경주손씨를 돌아보며

일찍이 진한 땅에 구례마가 있었으니
무산 대수 촌 족장의 지위라
육부를 연합하니 사로(斯盧) 신국을 이루고
박석김(朴昔金) 삼문을 추대하니 구주를 망라하였네
손씨의 시조가 석종을 얻은 것은 하늘같은 효도의 돛이요
신라왕이 사원을 내린 것은 지성의 배라
대를 이어 봉군하여 월성이 빛났으니
세계에 오른 문화유산은 양동 마을이 거두고
서 백의 송첨 당은 우재(愚齋)와 회재(晦齋)를 낳았는데
많이 모은 기와집은 누구를 낳았는가
강릉의 유파는 임진란을 당하여
둔곡에 집을 옮겨 살아 왔는데
분묘는 지난해에 사초하여 아담하고
사당은 금년에 복원하여 우아하다네
뿌리를 북돋고 보본하며 서로 돕고자
제전에 분향하며 행복의 언덕을 빌어본다네

回顧慶州孫氏 회고경주손씨

尚有辰韓俱禮馬	상유진한구례마
茂山大樹族村酋	무산대수족촌추
合聯六部成神國	합련육부성신국
推戴三門網九州	추대삼문망구주
孫祖得鐘天孝帆	손조득종천효범
羅王賜院地誠舟	나왕사원지성주
封君承代月城赫	봉군승대월성혁
揚世遺財良洞收	양세유재양동수
書百松檐生兩老	서백송첨생양로
集千瓦屋産誰侯	집천와옥산수후
江陵類派當壬亂	강릉유파당임란
屯谷遷家寓寄休	둔곡천가우기휴
墳墓去年莎草雅	분묘거년사초아
祠堂今歲復元優	사당금세복원우
培根報本相扶進	배근보본상부진
祭典焚香祝幸丘	제전분향축행구

※ 나의 뿌리 경주손씨를 생각하며 짓다. 2013. 11. 30

대전 뿌리공원의 경주손씨 석종 (공원 제100번 째)

경주손씨 표지물 봉안식에 참가한 강릉 덕현 어르신

고향 친구들과 아름다운 만남

강릉 덕고개는 바로 우리들 고향
한 마을 아홉 아이 모두 울보 왕이니
뜨거운 여름 개울가는 아예 벌거숭이요
추운 겨울 눈 속 또한 배꼽 녀석들이었지
손자를 안은 지난날들 달 먼저 알아보았는데
친구 잃은 오늘 햇볕조차 느끼지 못하겠네
애석한 남은 인생 서로 반려자 되어
애기하고 술 권하며 안강한 삶 누리세

鄕友雅會 향우아회

江陵德峴是吾鄕　一里九兒皆哭王　　강릉덕현시오향　일리구아개곡왕
熱夏川邊全裸族　寒冬雪裏亦臍郎　　열하천변전라족　한동설상역제랑
抱孫昨日先知月　失友今天不感陽　　포손작일선지월　실우금천불감양
哀惜餘生相伴侶　歡談勸酒享安康　　애석여생상반려　환담권주향안강

※ 고향 친구들의 모임을 앞두고 먼저 간 친구 박용선을 생각하며 짓다. 2012. 12. 25

덕현리 경로당 준공을 축하하며

덕 쌓아 따뜻한 풍속 덕현 마을이라
와천과 누곡에 솔향기 가득한데
지난해 마을회관을 개축하더니
오늘엔 경로당을 준공하였네
옛 얘기에 달빛 같이 찾아들고
손자얘기에 해처럼 웃음 짓겠지,
어울리는 마음 함께하며 선계를 좇으니,
백여 집 아름다운 이웃들 만세토록 창성하겠네.

祝德峴敬老堂竣工 축덕현경로당준공

積德溫風德峴鄉　瓦川樓谷滿松香　　적덕온풍덕현향　와천누곡만송향
去年改築公民館　今日竣工敬老堂　　거년개축공민관　금일준공경로당
故事尋尋如夜月　孫談笑笑似朝陽　　고사심심여야월　손담소소사조양
和心共有追仙界　百戶芳隣萬世昌　　화심공유추선계　백호방린만세창

* 고향마을 경로당 준공소식을 듣고 짓다. 2014. 11. 22

구정회에서 고향을 생각하며

만덕산 칠성산 평평한 기슭에
구정면 아홉 마을 자손들 영화롭네
당간지주 옛터는 화려했던 굴산사를 전하고
서원 송담은 번성하던 배움터 애기 하네
초여름 모내기 농악소리 울리고
중추절 축구시합 요란한 싸움터의 소리였지
복숭아 훔치다 사나운 개에 혼나던 일
술 권하며 맑게 읊조려 옛정을 그리네

思鄕邱井會 사향구정회

萬德七星山麓平	邱鄕九里子孫榮	만덕칠성산록평	구향구리자손영
幢竿故址傳華寺	書院松潭說盛嚳	당간고지전화사	서원송담설성횡
初夏移秧農樂響	仲秋蹴鞠戰塵聲	초하이앙농악향	중추축국전진성
偸桃遇犬魂飛事	勸酒淸吟想故情	투도우견혼비사	권주감향상고정

※ 춘천에서 구정면민회 모임 때 고향을 생각하며 짓다. 2015. 5. 4
　송담서원은 당시 구정면 언별리에 있고, 이율곡 선생을 배양하고 있다.

선향을 그리며

강릉단오제 세계문화유산 등재 10주년을 기리며

세계 문화유산에 오른 지 십년

강릉 단오는 미래로 이어지네

무속 노래로 비가 순하니 신명나는 땅이요

농악으로 바람이 고르니 기운 솟는 하늘이니

씨름하는 호걸 남아 먼지 속을 뒤집고

그네 타는 아름다운 여인 구름 가를 가르네

주민과 손님이 함께 풍년을 기원하니

축전은 무성히 만대에 전하리

祝江陵端午祭世界文化遺産登載十周年

축강릉단오제세계문화유산등재십주년

世界遺財登十年 江陵端午未來連　　세계유재등십년　강릉단오미래연

巫歌雨順神明地 農樂風調氣壯天　　무가우순신명지　농악풍조기장천

角觝豪男飜塲裏 鞦韆美女割雲邊　　각저호남번애리　추천미녀할운변

民官賞客祈豊熟 祝典蒼蒼萬代傳　　민관상객기풍숙　축전창창만대전

※ 강릉단오제 전국한시지상백일장 과제로 짓다. 2015. 6. 8

친구 서석순의 누이와 아내의 얘기를 듣고

벗과 나는 같은 마을이라
일 년 앞뒤로 출생하였네
유아기에 선친이 먼저 돌아가시고
아동 때엔 모친마저 돌아가셨네
오누이는 인척에게 맡겨져 고생하였으니
가까운 친척들은 여유롭지 못했네
어린 누이는 옷 바느질하며 부탁하고
까까머리는 책읽기에 빠졌으니
중학수료는 교장께 청하였는데
고교이수는 또 그 교장의 도움을 받았네
혼인은 으뜸의 배우자를 맞이하였으니
투병에 둘도 없는 버팀목이라
구부린 뼈는 불치의 질병으로 흘렸으나
막힌 가슴까지 드디어 모두 맑아졌다네
사람을 감동시키는 인간승리의 이야기
일흔 하나의 석양빛 아름다워라

聞友徐公錫珣之姉妻話 문우서공석순지자처화

我與朋同里 一年前後生	아여붕동리 일년전후생
幼時先父卒 兒節亦慈橫	유시선부졸 아절역자횡
姉弟依隣苦 三親未近榮	자제의린고 삼친미근영
少娘縫製請 短竪讀書傾	소낭봉제청 단수독서경
中了令魁助 高修使長牲	중료영괴조 고수사장생
婚姻迎配秀 鬪病滅雙撑	혼인영배수 투병멸쌍탱
佝骨不治濁 蔽胸終快晴	구골불치탁 폐흉종쾌청
感人人勝話 望八夕陽瓊	감인인승화 망팔석양경

＊ 고향친구들 모임에서 서석순과 그의 누이 서문자, 그리고 그의 처와 관련된 눈물겨운 일생 이야기를 듣고 옮기다. 불과 네 살 손위의 누나가 어려운 살림에도, 숙부에게 부탁하여 1년 늦게나마 중학교에 진학하게 되었고, 관동중학교에 들어가서는 정인진 교장선생님께 부탁하여 학비 면제 생으로 수학하게 되었다. 강릉고등학교에서도 또 그 교장선생의 도움을 받았고, 누나는 출가 후에도 줄곧 자기를 도와주었다고 한다. 그리고 착한 아내는 자신의 구루병에도 불구하고 시집와서 일본까지 왕래하며 특수 약물로 치료하던 중 40대 중후반 코에서 향기로운 냄새가 나며 온 몸이 편안해 지더니 건강상태가 아주 좋아져 의사의 진단을 받아보고 모두 놀랐다고 한다. 불치라고 알려진 그 병이 완전히 사라졌다는 것이다. 대학과정은 서울 교육대학에 진학하여 가정교사로 일하며 자력으로 졸업할 수 있었고, 교사로 일하며 생활이 좋아지는 듯 했으나 계속되는 심장병 등으로 오랜 기간 투병하였다. 그러다가 이번에는 아내의 헌신적 간호로 결국 이 모든 시련을 극복하고 온전한 몸을 얻게 된 것이다. 이제 나이 70을 넘어서며 친구들에게 들려주는 회고담에 감동하여 한시로 옮겨 본다. 2018. 12. 21

어릴 때 고향의 사계

봄

고향 덕현리에서 봄맞이 할 때면
언덕에서 달 보고 불꽃 돌리며 따랐지
버들개지 냇가에서 절기를 열고
개나리 밭두둑에서 이른 때를 맞이하며
숲속 뻐꾸기는 씨 뿌리라 재촉하고
처마 밑 제비는 먹이 주느라 바빴네
보리피리 생각만 하여도 짙어오는 싱그런 향기
전원의 진경 눈앞에 펼쳐지네

여름

논벼는 개구리소리에 힘차게 자라고
밭보리는 할아버지 정성에 길게 고개 숙였지
해 저문 앞길에는 돌아오는 소들로 가득 잇고
달 오르자 모인 가족들 뒤뜰이 떠들썩했네
또래들과 냇물 속에 빈번히 들고
형들 따라 바다에도 한두 차례라
방학이 다 가도록 숙제를 마치지 못해
심지 돋우며 밤새워 모기와 싸웠네

추석날 덕현리 숙부가에 모인 아이들

강릉시 강동면 언별리 가둔지 묘원과 재실

고향을 그리며

가을

비갠 뒤 가을바람 새벽 달 머리 돌고
잠 깨자 밤 줍기 어스름 언덕을 찾았지
국화는 이슬 머금고 길가에서 미소 짓고
제비는 구름 뚫다 전깃줄에서 쉬네
추수의 농부노래 들판에 울리고
운동회 겨루는 응원가 교정에 흘렀지
홍시 가득 물고 좁은 길 달리다가
할아버지 따라 산소를 돌며 가을을 보냈네

겨울

발동기에 쌀 찧어 자루 옮기기 돕고
낙엽 태우는 옆에서 묘한 향기 맡았지
흰 옻 네 쪽에 길하기 바라고
붉은 팥죽 한 그릇에 나이를 헤아렸네
눈 오면 눈사람 앞뜰에서 즐기고
얼음 얼면 얼음지치기 뒷논에서 헤매다가
밤 굽는 할머니 전하는 옛 얘기
슬픔과 기쁨이 바뀌던 겨울 마을 생각나네

눈 온 때의 토끼길

少時故鄉四季 소시고향사계 2019. 3. 15

春 춘

故鄉德峴每迎春	望月丘頭廻焰巡	고향덕현매영춘	망월구두회염순
柳絮川邊開始節	連翹陌畔展初辰	유서천변개시절	연교맥반전초신
林中布穀促耕屢	檐下鷾鴯忙飼頻	임중포곡촉경루	첨하의이망사빈
麥笛唯思鮮馥逼	田園眞景目前陳	맥적유사선복핍	전원진경목전진

夏 하

畓禾茂盛聽蛙聲	田麥離離因祖誠	답화무성청와성	전맥리리인조성
日沒歸牛前路滿	月昇會族後庭榮	일몰귀우전로만	월승회족후정영
川中與輩頻煩入	海沐隨兄一二行	천중여배빈번입	해목수형일이행
放學終時題未了	挑燈徹夜退蚊爭	방학종시제미료	도등철야퇴문쟁

秋 추

雨霽商風曉月頭	醒眠拾栗索黎丘	우제상풍효월두	성면습률색려구
黃花戴露街邊笑	玄鳥穿雲線上休	황화대로가변소	현조천운선상휴
稼穡農歌田野響	爭奔競唱校庭流	가색농가전야향	쟁분경창교정류
滿街赤柿馳蹊際	隨祖巡墳送晚秋	만가적시치혜제	수조순분송만추

冬 동

用機精米助移倉	落葉燃燒聞妙香	용기정미조이창	낙엽연소문묘향
白柶四牌希吉占	紅湯一器算年量	백사사패희길점	홍탕일기산연량
雪來雪偶前庭樂	氷結氷遊後澤彷	설래설우전정락	빙결빙유후택방
烤栗慈婆傳故事	交叉悲喜想冬鄉	고율자파전고사	교차비희상동향

강릉 경포대 십이난간 시운을 빌어서

봄날 경포대에 오르니
십이 난간마다 그림이 펼쳐지네
서산의 흰 눈은 영봉에 두르고
동해의 푸른 바람은 호안에 불어오누나
새 섬의 홍장은 물에 비친 달을 연주하고
송정의 박공 사신은 노을 어린 잔을 드는 듯
벗 꽃은 활짝 피어 나를 머무르라 하는데
모임 기다리는 고향 친구들 일어서라 재촉하네

次十二欄干 차십이난간

春日登臨鏡浦臺　　춘일등림경포대
欄干十二畫圖開　　난간십이화도개
西山白雪嶺顚帶　　서산백설령전대
東海淸風湖岸來　　동해청풍호안래
鳥島紅粧彈水月　　조도홍장탄수월
松亭朴使擧霞盃　　송정박사거하배
櫻花滿發令吾止　　앵화만발영오지
待宴鄕朋起席催　　대연향붕기석최

※ 막내숙부 내외와 경포대에 올라 삼척부사 심영경沈英慶의 십이 난간 시를 차운하다. 고려
말 안렴사 박신과 홍장의 사랑이야기는 호수 변에 테마 별로 조각하여 조각상을 세워놓
았다. 2019. 4. 1

고향을 만들며

고향이라 하면 일반적으로 태어나서 자란 곳을 이른다. 그러나 이것을 너무 강조하다보면 장성한 뒤 고향보다 몇 배 더 오래도록 살아가는 곳을 계속 타향으로 보게 된다. 그리고 자신은 늘 그곳의 주인이 아니라 나그네로 살아가게 된다.

일찍이 만해 한용운 선생은 〈오도송(悟道頌)〉에서 "남아가 이르는 곳이 곧 고향이거늘, 어찌 사람들은 오래도록 나그네의 수심에 싸여있는가(男兒到處是故鄕, 幾人長在客愁中)"라고 하였다. 내가 지금 발 딛고 있는 곳이 바로 고향이라는 것이다. 이런 생각으로 보는 순간 모든 것이 정겹게 다가온다.

필자는 먼저 한시 현판이 많이 걸려있는 소양정에 올라, 시인 묵객들의 시를 읊어보았다. 그리고 소양강과 북한강이 만나서 이루는 거울 같은 의암 호수, 봉의산과 삼악산, 고산이 어우러지는 삼산이수(三山二水)를 바라보면서, 아! 여기가 바로 신선의 세계로구나 하는 것을 느꼈다. 더욱 놀라운 것은 바로 이곳의 지명이다. 지상낙원이라고 하는 낙원동이 있는가 하면 그 위에 신선들이 모이는 요선동이 있다. 봉황을 상징하는 봉의산이 있는가 하면 그 봉황이 깃 드는 죽림동이 있다. 구름다리 운교동이 있고 노루와 학이 어울려 노는 장학리와 학곡리가 있다.

한편 춘천의 국사봉에는 이곳 선비들이 고종황제의 국상 때, 서울을 향해 통곡하며 남긴 시비가 있다. 필자는 이 비문의 첫 번째 시인 김영하(金泳河)와 그가 쓴 춘천의 역사 지리서인 『수춘지壽春誌』를 추적하여 박사과정의 논문 「향토사와 관련된 김영하의 시문연구」(2016, 강원대학교 인문과학연구소, 『인문과학연구』 제49호)를 지었다. 고장의 풍경을 음미하고, 역사를 더듬어 시를 지으며 이를 후세에 전하는 자가 곧 그 고장의 주인이 아닐까.

무릉도원 문배촌을 찾아서

언덕과 계곡 올라 양지마을 들어서니
등산객 부르는 소리 동구 밖까지 나오네
모자 벗고 먼지 털며 대자리에 앉으니
나물반찬 동동주가 신선 동산으로 이끄네

武陵桃源文背村 무릉도원문배촌

登陵爬谷入陽村 山客呼聲出里門　등릉파곡입양촌　산객호성출이문
脫帽消塵安竹席 菜餐玉酒引仙園　탈모소진안죽석　채찬옥주인선원

* 아내와 문배마을에 올라 산채 밥에 동동주를 마시며 짓다. 2008. 11. 9
  문배촌(文背村)은 문곡폭포의 뒤에 있는 마을이라는 뜻.

춘천박물관

시공을 뚫고 남겨진 보배로운 별
남은 조각 무늬는 있는데 문자 글은 없네
형태는 문장 보다 숨은 얘기 더 많은가
옥고리와 구리거울 젊은 때를 얘기하네

春川博物館 춘천박물관

穿時貫域固珍星 殘片有紋無字銘　천시관역고진성　잔편유문무자명
形比刻文多隱話 玉環銅鏡說年青　형비긱문다은화　옥환동경설년청

* 국립춘천박물관 자원봉사원으로 관람객에게 유물설명을 하며 짓다. 2008. 12. 16

고산의 저녁노을

소양강과 한강이 모여 흘러가는데
작은 섬에 명산이라 오른 후에 알았네
봉우리의 전망은 봉의산과 삼악산을 겨루고
저녁놀 바람소리는 신선의 시를 겨루네

孤山落照 고산낙조

昭陽漢水合流之 小島名山踏後知　소양한수합류지 소도명산답후지
峰頂望光爭鳳岳 晚霞風笛鬪仙詩　봉정망광쟁봉악 만하풍적투선시

※ 소양팔경의 하나인 고산을 읊다. 2011. 7. 30
　고산(孤山)은 상중도 머리에 있는 아주 작은 산이다.

구봉산에서 본 춘천야경

구봉산의 가을저녁 춘천을 굽어보니
반짝이는 전등과 별이 땅과 하늘을 잇네
멀리 보이는 아치다리 일곱 색을 떠우니
물의 도시 지나는 길손 빛의 시를 즐기네

九峰夜景 구봉야경

九峰秋夜瞰春川 閃閃燈星繼地天　구봉추야감춘천 섬섬등성계지천
遠視虹橋浮七色 河都過客弄光篇　원시홍교부칠색 하도과객롱광편

※ 구봉산 전망대에서 춘천의 야경을 바라보며 짓다. 2011. 9. 10

　　　　　　　　　　　　　　　　　　　선향을 그리며

소양한시회 복원을 기리며

소양강 물은 마르지 않고 흐르는데
율 지어 읽는 소리 얼마나 오래도록 쉬었는가
오늘은 지초와 난초 같은 벗들 다행히 모였으니
내일은 국화와 대나무 같은 시인들 크게 기뻐 놀겠지
춘천 팔경은 시의 날개를 바라며
맥곡의 천 가지 얘기 시문의 갓옷 기다리니
서로 가르쳐 배우고 후세에 전하는 가운데
호수를 기리고 달을 희롱하며 문향에 살리라

讚昭陽吟社復原 찬소양음사복원

昭陽江水不乾流 作律讀聲何久休	소양강수불건류 작률독성하구휴
今日芝蘭多幸會 明天菊竹大僖遊	금일지란다행회 명천국죽대희유
春川八景望詞翼 貊谷千談待賦裘	춘천팔경망사익 맥곡천담대부구
教學互相傳後世 頌湖弄月住文州	교학호상전후세 송호농월주문주

＊ 사단법인 한국한시협회 춘천지회 창립 및 소양음사복원을 기리며 짓다. 2012. 7. 29

소양팔경을 읊다

월곡의 아침 안개 신선의 고장 펼치니
봉의 산정 모인 구름 서광을 안았네
화악산 맑은 기운 무협을 낳고
호암의 솔 바람소리 문장을 기르는데
매강 어부의 피리 애절한 그리움 불고
노주를 도는 배 소망을 노래하는구나
우두벌 저녁연기 옛 얘기 간직하니
고산의 낙조는 소양강호를 물들이네

吟昭陽八景 음소양팔경

月溪朝霧展仙鄕	鳳頂歸雲抱瑞光	월계조무전선향	봉정귀운포서광
華岳淸嵐生武俠	虎岩松籟育文章	화악청람생무협	호암송뢰육문장
梅江漁笛唱哀切	鷺岸廻帆歌所望	매강어적창애절	노안회범가소망
牛野暮煙藏故事	孤山落照染昭陽	우야모연장고사	고산락조염소양

※ 소양팔경을 음률에 맞도록 자구를 조정하여 시간 순서에 맞추어 이야기를 풀어보다.
  2012. 10. 31

의암호에서 본 춘천 봉의산과 도시풍경

선향을 그리며

신선계의 춘천

나무 없는 중림동은 어찌 이름을 얻었을까
봉황 같은 신령스런 새 그 싹을 맛보려 함인가
낙원에서 견성하니 요선의 언덕이요
교동에서 명륜하니 효자의 도시라
석사 퇴계는 노루와 학이 희롱하고
소양 호반은 무궁화 꽃 무성하다
춘천의 땅 모양은 하늘 세계와 같으니
이 경관 누리는 주민 끝없이 형통하리

仙界春川 선계춘천

無樹竹林何得名 鳳儀靈鳥欲嘗萌　　무수죽림하득명　봉의영조욕상맹
樂園見性要仙岸 校洞明倫孝子城　　낙원견성요선안　교동명륜효자성
碩士退溪獐鶴弄 昭陽湖畔槿花榮　　석사퇴계장학롱　소양호반근화영
春川地像如天界 享景方民不盡亨　　춘천지상여천계　향경방민부진형

※ 춘천의 지명을 누군가 신선세계를 상상하며 지은 것 같아 독특하고 재미있어 시로 옮겨
　보다. 2013. 9. 1

필자가 거주하는 퇴계동 일성아파트 일대

중공민항기 전시계획에 부쳐

32년 전 어린이 날
비상 경적과 함께 춘천에 내렸네
원래는 탈출하여 바다로의 행로였으나
결과는 교류로 대륙으로 향하는 자리 되었네
흑백의 무슨 고양이든 쥐를 잘 잡으면 좋은 것이고
청홍의 어느 논리든 사람을 살리면 되는 것이라
당시를 재현하여 기회라는 것 알아서
통일과 관광 두 쪽을 모두 얻었으면

付中共民航機展示計劃 부중공민항기전시계획

卅二年前童節天	非常警笛下春川	삽이년전동절천	비상경적하춘천
原來脫出洋行路	結果交流陸向筵	원래탈출양행로	결과교류륙향연
黑白何猫拿鼠好	青紅那理活人然	흑백하묘나서호	청홍나리활인연
當時再現知機會	統一觀光得兩邊	당시재현지기회	통일관광득양변

※ 강원일보 신문에서 중국민항기 전시계획을 보고 짓다. 32년 전 어린이 날 중국에서 탈출
을 시도한 민항기가 당시 국교가 없던 한국의 춘천 캠프페이지에 불시착하였다. 그 후 중
국에 돌려보내면서 국교개설은 물론 중국의 개혁 개방을 촉진하였던 사건이다. 필자는
당시 요란한 싸이렌 소리를 듣고 달려가 멀리서 현장을 목격한 바 있다. 2015. 1. 31

금병산에 올라 옛 마을을 바라보며

진달래 개나리 만발한 때
금병산 기슭엔 엷은 아지랑이 끼었네
닭싸움 시키던 점순이 꽃 속에 숨었다고
종다리 생생히 밀어로 전하네

登錦屏山望故村 등금병산망고촌

躑躅連翹滿發天 金屏山麓薄青煙　척촉연교만발천　금병산록박청연
鬪鷄點順花中隱 雲雀生生密語傳　투계점순화중은　운작생생밀어전

※ 난정서실 학우들이 금병산 나들이 하며 짓고, 김유정 문학촌 인근 시루식당에서 읊었는데,
　식당 여주인이 민요로 화답하여 함께 즐기다. 2015. 4. 9

소양정에 올라

봉의산 서쪽 기슭 소나무 잣나무 늘어선 곳
절벽 위 높은 정자 그림 같은 언덕이라
두 물이 합류하니 호수 면은 트였고
세 산이 나누어 솟으니 산줄기 조화롭네
팽오의 옛 얘기 우두 벌의 아지랑이요
맥국의 전설 백로주의 파도라
소양강 처녀와 계심은 슬픈 사연 노래하는데
속세 잊은 시인은 자하가를 부르네

登昭陽亭 등소양정

鳳儀西麓柏松羅　壁上高樓似畵坡	봉의서록백송라	벽상고루사화파
二水合流湖面闊　三山分聳嶺干和	이수합류호면활	삼산분용령간화
彭吳古話牛頭靄　貊國傳談鷺島波	팽오고화우두애	맥국전담노도파
昭女桂心哀戀唱　忘機騷客紫霞歌	소녀계심애련창	망기소객자하가

※ 춘천 소양한시회 과제로 소양정에 올라 짓다. 2015. 6. 24

국사봉 비문에 쓴 시인의 후손을 만나고

한 노인이 시 탑 아래 섰는데
물으니 답하기를 시 쓴 이의 손자라 하네
역사는 비문 속에서 얘기하는데
사람들은 어찌 배우려하지 않는가

逢國士峯碑文詩客之孫 봉국사봉비문시객지손

一翁詩塔下 問答作家孫　일옹시탑하 문답작가손
歷史碑中話 何人不入門　역사비중화 하인불입문

※ 춘천 퇴계동에는 국사봉이 있고 그 정상에는 고종황제의 국상 때 애도하는 이 지방 유지들의 시문을 새긴 국사봉망제탑이 서있다. 필자는 그 탑 밑에서 시문을 쓴 이의 손자 홍성린 (洪性麟) 옹을 만나 얘기한 내용을 옮긴 것이다. 당시 시를 쓴 洪淳天(35세조)씨는 이분의 조부가 되고, 洪在和(33세조)씨는 고조부가 된다고 하였다. 그리고 최근 젊은이들이 한자를 배우지 않아 우리의 역사를 전할 수 없게 된 것을 걱정하였다. 그는 초등학교 교장을 하였고, 현재 88세, 시조로부터 37세로서 이안아파트에 거주한다고 하였다. 2015. 8. 8
※ 필자는 이 비문의 첫 번째 시인 김영하(金泳河)와 그가 쓴 춘천의 역사 지리서인 수춘지 (壽春誌)를 추적하여 박사과정 과제논문 「향토사와 관련된 김영하의 시문연구」(강원대학교 인문과학연구소, 『인문과학연구』 제49호, 2016.)를 지었다.

가을 날 구봉산에 올라 춘천을 바라보며

구봉산 찻집에서 춘천을 바라보니
들은 아득하고 하늘은 높아 여름 기운 물리는데
두 강은 오리를 띄우며 흰 비단 같이 흐르고
삼산은 백로를 날리며 푸른 연꽃처럼 솟았네
곡식의 파도에 농부는 풍년의 노래를 부르고
단풍 빛에 시 벗은 호시절이라 하는데
강 위의 무지개다리 누구를 부르는가?
상쾌한 마음 활짝 열려 세상사람 이어지기를

秋日望春川 추일망춘천

九峯茶室望春川 野逈天高退夏烟　구봉다실망춘천　야형천고퇴하연
二水泛鳧流白錦 三山飛鷺出靑蓮　이수범부류백금　삼산비로출청련
穀波穡老豊年唱 楓影騷朋好節宣　곡파색로풍년창　풍영소붕호절선
江上虹橋招孰位 爽心願豁世人連　강상홍교초숙위　상심원활세인련

※ 구봉산의 한 찻집에서 남상호 교수, 신대선 한시회장과 춘천의 가을 풍경을 바라보며 짓다.
　2016. 9. 21

의암호의 12경

삼악산 새벽 종소리 만생萬生을 깨우니
봉의산 누정의 길손 천정千情을 고르네
의암공원 외로운 대나무 월동이 장하고
천전리의 벚꽃 봄기운에 한창이라
금산 잔도에는 자전거 줄지어 달리고
송암의 조정은 뱃머리 다투네
유리다리에서 달 밟으며 그윽이 노래 부르는 처녀
거꾸로 비친 의암호에서 멋지게 읊는 가객
중도의 갈대 깃은 사랑이야기 감추는데
봉황대에서 바라보니 활연히 트여 놀라네
눈 덮인 방동리 절의는 변함없고
상고대 낀 우두강변 그림처럼 수정 꽃 피우네

衣岩十二景 의암십이경

三嶽曉鐘醒萬生	鳳儀亭客調千情	삼악효종성만생	봉의정객조천정
毅庵孤竹越冬壯	泉圃櫻花春氣榮	의암고죽월동장	천포앵화춘기영
錦谷棧途輪列走	松巖漕艇競顚爭	금곡잔도윤열주	송암조정경전쟁
琉橋踏月幽歌女	倒影衣湖秀律英	유교답월유가녀	도영의호수율영
中島葦翎藏戀話	鳳臺眺望闊然驚	중도위령장연화	황대조망활연경
雪林芳洞義無變	淞霧牛頭梢畵晶	설림방동의무변	송무우두초화정

※ 춘천문화원 한시반에서 이름을 붙인 의암호 12경을 한수에 모아 짓다. 2016. 11. 30

고향을 만들며

춘천시청 사옥신축을 축하하며

봉의 산기슭 지반이 고른 곳
하늘 내린 춘천에 청사가 자리 하였네
백 년 동안 유지해온 시설이 낡아
이년의 재건축으로 사무실이 새로워졌으니
시민은 즐거이 근심스런 일 해소하고
방문객은 기쁘게 좋은 때를 맞네.
복지와 안전 문화가 발전하는 가운데
웅비하는 신령스런 새는 날개 크게 펼치리.

祝春川市廳舍屋新築 축춘천시청사옥신축

鳳儀山麓地盤均	天府春川廳舍陳	봉의산록지반균	천부춘천청사진
百載維持施設舊	二年再築務場新	백재유지시설구	이년재축무장신
市民樂樂消憂事	訪客愉愉得好辰	시민낙락소우사	방객유유득호신
福祉安全文化展	雄飛靈鳥翼鴻伸	복지안전문화전	웅비영조익홍신

* 춘천시청의 신축을 축하하며 짓다. 2018. 5. 22

선향을 그리며

춘천의 사계를 기리며

봉의산이 정좌하여 상서론 구름 오르니,
사계절 춘천은 여러 풍경을 펼치는데.
녹수에 검은 오리 옥경에서 놀고,
청산에 백로는 비단 언덕에서 쉬네.
깊은 계곡 이슬 젖은 단풍은 진객을 모으고,
준령에 눈 덮인 소나무 귀한 손 부르는데.
천년의 아름다운 풍속 옛 얘기 이으며,
주민은 웃으며 낙원의 고장이라 하네.

讚春川四季 찬춘천사계

鳳儀定座瑞雲揚 四季春川景萬場　봉의정좌서운양　사계춘천경만장
綠水玄鳧游玉鏡 靑山白鷺息綾崗　녹수현부유옥경　청산백로식능강
深溪露槭慕珍客 峻嶺雪松招貴郎　심계노척모진객　준령설송초귀랑
千歲美風承古事 住民笑話樂園鄉　천세미풍승고사　주민소화낙원향

※ 신선이 사는 곳 같은 춘천의 산수를 생각하며 짓다. 2019. 6. 5

춘천 의암호 상중도 머리의 고산

드름산 의암봉에 올라

한시 도반들이 시구 찾아 나서서
산악을 등반하여 정상에 올랐으나
연무가 층층이 안목을 가리고
단풍이 떨어져 벌거벗은 가지라
선구자 곡조로 소리 내어 부르고
외로운 섬 노래도 이어서 음영하네
노약한 벗을 도와 내려오는 길 즐거우니
막걸리 서너 잔 서로 기울이네

登衣岩峯 등의암봉

漢詩徒伴覓句行	山岳登攀征頂成	한시도반멱구행	산악등반정정성
煙霧層層遮眼目	丹楓落落裸枝莖	연무층층차안목	단풍낙락나지경
先驅曲調喊聲唱	孤島律歌吟詠賡	선구곡조함성창	고도율가음영갱
老弱扶朋歸路樂	濁醪三盞互相傾	노약부붕귀로락	탁료삼잔호상경

※ 문화원 한시반 회원들과 현장학습으로 드름산 의암봉에 올라 짓다. 2019. 11. 13.

선향을 그리며

석파령을 넘으며

석파령 오솔길을 오늘에야 오르니
봄 보내고 이른 여름 녹색 빛 짙구나
신구 부사가 보내고 맞으며 흘린 눈물
묶이고 풀려나는 귀양인의 희비가 엉겼으니
백세토록 남을 유배의 길
천년 전설의 탐방 언덕이라
연한 쑥 나물들 숨긴 향기 뿜으니
옛 얘기 생생하여 시흥이 오르네

越席破嶺 월석파령

席破嶺蹊今日登 餞春臨夏綠光增	석파령혜금일등 전춘임하녹광증
舊新府使送迎淚 放屬謫人悲喜凝	구신부사송영루 방속적인비희응
百世殘存流配路 千年傳說訪探陵	백세잔존유배로 천년전설방탐릉
軟柔艾菜藏香出 古事生生律興昇	연유애채장향출 고사생생율흥승

＊ 2020. 4. 29.

석파령 답사에 함께한 옥원회 회원

청평사를 방문한 소감

경자년 초여름 망종일 밑이라
운현 시회의 벗들 청평계곡에 모였네
오찬의 산채는 정신을 상쾌하게 하는데
술안주 더덕구이는 넋을 혼미하게 하네
절 아래 영지에는 천 가지 형상이 비치고
계곡 사이 폭포에는 아홉 가지 소리가 머무르니
김시습과 이자현은 선에 어찌 들었는가
묵객은 회포를 풀어 선계의 무지개를 그리네

訪淸平寺所懷 방청평사소회

庚子夏初芒種低	友朋雲峴會淸溪	경자하초망종저	우붕운현회청계
午餐齒菜令神快	肴酒沙蔘使魄迷	오찬수채영신쾌	효주사삼사백미
寺下影池千影照	谷間聲瀑九聲稽	사하영지천영조	곡간성폭구성계
雪岑眞樂入禪豈	墨客舒懷圖紫霓	설잠진락입선기	묵객서회도자예

※ 지난 6월 4일 청평사계곡에서 서울 운현시회 시인들과 소양시회 몇 인이 더불어 즐긴
　모습을 읊다. 2020. 6. 7
※ 이 모임을 계기로 소양시회에서는 춘천문화재단의 지원을 받아 『33년 만에 서울과 춘
　천 한시로 잇다』(도서출판 산책, 2020)를 발간하였다.

대룡산과 화악산의 불빛을 바라보며

의암 호반 바라보니
저 멀리 빛의 산봉
서북에는 화악산
동남에는 대룡산
하늘을 살피는 촛불은
밤에도 책 읽는 규성이라

望大龍及華嶽山照明 망대룡급화악산조명

衣岩湖畔望　　의암호반망
遙遠照明峯　　요원조명봉
西北向華嶽　　서북향화악
東南見大龍　　동남견대룡
領空監視燭　　영공감시촉
夜讀似奎容　　야독사규용

※ 의암호반에서 대룡산과 화악산의 방공부대 조명 불빛을 보고 짓다. 2020. 12. 4

김유정을 기리는 시축 야외전시를 보고

의암 호반에 글씨 두루마기 드리웠으니
김유정 소설에 마음이 움직인 시라
닭싸움 시키던 처녀의 향기 알싸하고,
도박하던 신랑 아내 파는 슬픔 어렸네
실례마을 사람들 순박한 속어로 그리고
금병산 풍경 핍진한 말로 묘사하였으니
해학과 반전 돌아갈 길 잊고 보다가
홀연히 이는 향수에 나도 모르게 젖어들었네

見讚金裕貞詩軸野外展示 견찬김유정시축야외전시

湖畔衣岩字軸垂　裕貞小說感應詩　　호반의암자축수　유정소설감응시
鬪鷄處女生香妙　賭博新郎賣婦悲　　투계처녀생향묘　도박신랑매부비
甑里土民圖朴諺　錦屛風景寫眞詞　　증리토민도박언　금병풍경사진사
諧諧反轉忘歸視　忽起鄕愁濕不知　　학해반전망귀시　홀기향수습부지

※ 공지천 의암공원 가로수 사이에 설치한 춘천 문인협회 회원의 시축 40여 폭을 읽다가
　읊다. 2020. 12. 5.

동백꽃 속에 파묻힌
점순이와 나

남춘천역 교각에 그린 김유정의 소설 동백꽃 벽화

백일장에
나가서

    한시를 배우면서 자신의 작시 능력을 가늠해 볼 수 있는 곳이 한시 백일장이다. 사단법인 한국한시협회를 비롯하여 전국 80여 개 시군구에서 매년 백일장을 연다. 옛날 과거시험방식을 그대로 적용하여 도포를 입고 두건도 쓰도록 한다. 그리고 이른바 근체시의 율격을 엄격히 요구한다. 대개 율시를 기준으로 시의 제목과 운을 미리주거나 현장에서 주고 그에 따라 짓도록 한다. 주어진 틀 속에서 자신의 학문과 재능을 어떻게 잘 표현해 내는가를 겨루는 것이다. 시험관에 따라서 조금씩 차이가 있지만 거의 유학을 바탕으로 도덕적인 것을 요구한다. 따라서 시인의 감정을 그대로 표현하는 시 본연의 맛과는 다소 거리가 있다. 그러나 시를 연마할 수 있는 장이라 생각하고, 매년 몇 곳을 돌다보면 시단의 흐름을 파악할 수 있어 좋다.

임진왜란 420년의 감회

왜침 칠 주갑에 다시 임진년이 돌아오고
어지러운 기운 횡행하니 많은 걱정 따르네
전란을 피하여 임금은 나라 땅을 버리고
도망한 관리는 백성을 저버렸으니
천 고을이 짓밟혀 하늘에 울음 가득하고
만 리가 불타서 땅에 먼지 자욱했지
국방과 평화 어찌 둘로 나누겠는가
역사를 되새기며 감회를 펴보네

壬亂七週甲有感 임란칠주갑유감

倭侵七甲復壬辰	왜침칠갑부임진
昏氣橫行念慮循	혼기횡행염려순
避亂君王捐國土	피란군왕연국토
逃亡官吏背蒸民	도망관리배증민
千鄕蹂躪充天哭	천향유린충천곡
萬里燃燒滿地塵	만리연소만지진
防衛平和何別二	방위평화하별이
反芻歷史感懷伸	반추역사감회신

※ 한시협회 전국백일장 예선에 오르고, 한시학당 학생 중 장원이라 하여 20명의 점심식사
를 내가 내다. 2012. 7. 7

한국사 교육 강화를 기원하며

국사교육을 강화할 때이니
한민족의 혼은 바로 이것임을 먼저 알아야 하네
천년 기록은 창신의 거울이요
만세의 유산은 구활의 스승이라
사조를 바로 잡으면 장래가 혼란하지 않고
지난 일을 명심하면 오늘이 위태롭지 않네
배전의 학습을 모두 기원하는 가운데
청년을 깨우치면 영원이 기약되리

願韓國史教育强化 원한국사교육강화

國史薰陶强化時	국사훈도강화시
韓魂是此最先知	한혼시차최선지
千秋記錄創新鑑	천추기록창신감
萬世遺財求活師	만세유재구활사
匡正思潮將不亂	광정사조장불란
銘心往事現無危	명심왕사현무위
倍前學習皆祈願	배전학습개기원
警覺青年永遠期	경각청년영원기

※ 서울특별시에서 개최한 제20회 조선시대 과거제 재현행사 한시백일장(운현궁)에서 병과
로 급제하다. 2013. 10. 13

선향을 그리며

치악산에 오른 감상

만길 비로봉의 치악산
백화만발 비단에 수놓는 즈음이라
놀란 빛 새소리 새로 난 숲에서 바쁘고
은혜로운 울림 종소리는 옛 절에서 한가롭다
맑은 절개 고깔바위는 운곡선생 형상이요
기풍 높은 망대 돌은 태종 대왕 모습이라
숨은 현자 곳곳에 시편을 묻었으니
오른 나그네 꽃다운 향기에 스스로 돌아감을 잊는구나

登雉嶽山有感 등치악산유감

萬丈昆盧雉嶽山	만장비로치악산
百花滿發繡綾間	백화만발수릉간
驚光鳥喚新林憁	경광조려신림총
恩響鐘聲古寺閒	은향종성고사한
淸節弁岩耘谷像	청절변암운곡상
風高臺石太宗顔	풍고대석태종안
隱賢曲曲藏詩片	은현곡곡장시편
登客芳香忘自還	등고방향망자환

* 원주치악산 묘역에서 개최한 운곡원천석선생 제7회전국한시백일장에서 가작으로 입상
하다. 2014. 4. 23

따뜻한 봄날 만물의 향연

아지랑이 두른 산하 햇빛 길어지니
백화만발 봄빛을 누리네
복사꽃 동산 나비춤은 선경을 그리고
살구 골의 벌 노래 꿈 마을 연주하는데
꾀꼬리 가지 비집어 버들 늘어진 언덕
청개구리 뛰어오르는 연잎 펴진 못이라
종소리 아득히 삼라에 퍼지고
만물은 소생하여 서로도와 베푸네

萬化方暢 만화방창

繞靄山河日照長　　요애산하일조장
百花滿發享韶光　　백화만발향소광
桃園蝶舞圖仙境　　도원접무도선경
杏谷蜂歌奏夢鄕　　행곡봉가주몽향
黃鳥穿枝垂柳岸　　황조천지수류안
靑蛙乘葉闊蓮塘　　청와승엽활연당
鐘聲渺渺森羅濩　　종성묘묘삼라호
萬物蘇生互惠張　　만물소생호혜장

※ 사단법인 한국한시협회 시협풍아지 제34호 공모전에서 참방으로 입선하다. 2014. 6. 24

지난해를 보내고 새해를 맞이하는 느낌

사고도 많고 말도 많던 지난 해 보내니
청양의 상서론 소식 신천지를 펼치네
구름 그을려 얻은 달로 천 가지 원망 비우고
눈을 비껴 맞은바람 만 가지 허물 날려버리면
정의는 순리로 흘러 강물처럼 넘치고
평화는 거듭 쌓여 계곡의 바위같이 견고하리
통일의 국운 소생하는 가운데
우리나라 활기 넘치길 기원해보네

送舊迎新有感 송구영신유감

多事多言送舊年	다사다언송구년
青羊瑞信展新天	청양서신전신천
烘雲托月空千怨	홍운탁월공천원
斜雪迎風拂萬愆	사설영풍불만건
正義順流江水溢	정의순류강수일
平和累積谷岩堅	평화누적곡암견
統邦國運蘇生裏	통방국운소생리
祈願檀園活氣全	기원단원활기전

※ 한국한시협회 시협풍아 제36호 지상백일장에서 가작으로 입선하다. 2015. 1. 12.

초여름

새 잎 새에 구름 이내 푸른 비단 펼치고
백화가 만발하니 나비 벌의 언덕이라
미물 모습 자세 보니 서로 싸우기도 하지만
저 멀리 풍광을 바라보니 함께 도와 조화롭네
농요 부르던 어제는 누런 보리 물결 일더니
기계소리 요란한 오늘은 녹색 벼의 파도라
비록 어지러운 세상사나 마음 바꾸어 들으니
태평세상 기원하는 격양가일세

孟夏 맹하

新葉雲煙抺碧羅　　신엽운연포벽라
百花滿發蝶蜂坡　　백화만발접봉파
詳看物色相爭鬪　　상간물색상쟁투
遠望風光共助和　　원망풍광공조화
農樂昔時黃麥浪　　농악석시황맥랑
機聲今日綠禾波　　기성금일녹화파
雖紛世事還心聽　　수분세사환심청
祈願昇平擊壤歌　　기원승평격양가

※ 한국한시협회 시협풍아 제37호 지상백일장에서 가작으로 입선하다. 2015. 4. 14

새봄의 느낌

새해 아침 동쪽 산 밝은 해 떠오르니
입춘첩 문전으로 복 가득 드네
잔설의 산 빛 아직 하얀데
해빙의 물색 이미 푸르름 머금었네
한가한 노인 건강과 장수를 누리고
일하고픈 청년들 사업 운 상서롭길
늙은 이 소망은 오직 후손들 번성하는 것
새봄에 명상하며 품은 생각 펴보네

新春有感 신춘유감

元朝東嶺出昭陽　　원조동령출소양
粘帖門前福滿堂　　점첩문전복만당
殘雪山光猶帶白　　잔설산광유대백
解氷水色已含蒼　　해빙수색이함창
有閑老丈就康壽　　유한노장취강수
求職青年亨運祥　　구직청년형운상
鶴髮所望唯後盛　　학발소망유후성
新春冥想感懷張　　신춘명상감회장

＊ 한국한시협회 시협풍아지 제39호에 참방으로 입선하다. 2016. 1. 16

무술년에 국운이 융성하기를 기원하며

무술년 새해 아침 사특한 기운 멈추고
떳떳한 윤리 힘써 두루 펼치기를 바라네
서로 돕는 기업 상생으로 장려하고
함께 돕는 향촌 사회 덕 베풀어 닦으며
핵 없는 북과 남 백가지 고통 제거하고
무기 없는 세상천지 천 가지 근심 없애보세
평창 올림픽대회를 성공적으로 치루는 가운데
국운이 융성하길 간절히 바라네

戊戌年國運隆昌 무술년국운융창

戊戌元朝邪氣休　　무술원조사기휴
彝倫原則力宣周　　이륜원칙력선주
相扶企業相生勵　　상부기업상생려
共助鄕村共德修　　공조향촌공덕수
非核北南消百苦　　비핵북남소백고
無戈天地滅千憂　　무과천지멸천우
五輪大會成功裏　　오륜대회성공리
國運隆昌懇切求　　국운융창간절구

※ 한국한시협회 시협풍아 제45호에 참방으로 입선하다. 2018. 1. 12

난고 김삿갓이 외로이 자학하는 모습의 느낌

향시에 김삿갓은 큰 희망을 품었지만
할아버지 힐난 뒤늦게 알고 온갖 고난을 맞았으니
문전걸식 하지만 하루 세끼를 굶었고
잔치 후 남은 반찬에 술 한 잔을 마시며
양반을 풍간하여 세도를 조롱하고
백성을 위로하여 희망의 빛을 주었네
외로운 몸 자학을 하였지만 가락을 잃지 않았으니
시격은 이백이라 여운이 길게 이어지네

蘭皐自虐孤身有感 난고자학고신유감

鄕試蘭皐抱大望	향시난고포대망
晚知詰祖遇風霜	만지힐조우풍상
門前乞食飢三飯	문전걸식기삼반
宴後殘餐飮一觴	연후잔찬음일상
諷諫兩班嘲勢道	풍간양반조세도
慰勞民草與希光	위로민초여희광
孤身自虐不忘律	고신자학불망률
詩格謫仙餘韻長	시격적선여운장

※ 제23회 김삿갓 문화제 전국 한시 지상백일장에서 가작으로 입선하다. 2020. 8. 23

팔경과 구곡의 연상

팔경(八景)은 흔히 북송 때 송적(宋迪)의 〈소상팔경도(瀟湘八景圖)〉, 구곡(九曲)은 주자(朱子)의 〈무이구곡가(武夷九曲歌)〉가 그 연원이라고 한다. 그러나 당나라 때 유종원(柳宗元)은 영주의 지방관으로 재임하면서 〈영주팔기(永州八記)〉를 지었으니, 팔경이나 구곡 등에 대한 시문의 연원은 훨씬 더 오래된 것 같다. 팔은 사방팔방 하듯 세상의 모든 곳을, 구는 완성의 수라고 하여 이 또한 모든 과정을 거쳐 목적지에 도달하는 숫자개념이다. 따라서 어느 특정한 곳의 경관을 시문으로 읊을 때 이와 같이 연이어 부르노라면 그곳의 풍경과 역사를 모두 망라한다는 느낌이 든다.

　　춘천에 전해오는 시문에는 일찍이 소양팔경과 청평팔영이 있고, 곡운구곡과 니산구곡이 있다. 그리고 기록된 연시는 없지만 구곡폭포까지 있으니 시의 길에 들어선 이상 필자도 한번 작시를 시도해 보지 않을 수 없다.

의암십경 시화집 발간을 축하하며

열정의 뜻이 모인 출간의 자리
시인 묵객의 감회 푸른 내를 이루네
한시를 가르치고 배운지 몇 해가 지났고
승경을 찾아 읊은 지 또 얼마이던가?
글 흐르는 구구절절 아름다운 옥을 머금고
그림 깃든 장장이 목련 꽃 피어난 듯
산수에 인문이 꽃잎처럼 쌓이니
호수의 고장 전설은 끝없이 이어지리

祝衣岩十境詩話集發刊 축의암십경시화집발간

熱情志會出刊筵 墨客舒懷成碧川　　열정지회출간연 묵객서회성벽천
教學漢詩過幾歲 探吟勝景去何年　　교학한시과기세 탐음승경거하년
書流句句含瓊玉 畵入章章見木蓮　　서류구구함경옥 화입장장견목련
山水人文花葉積 湖鄕傳說不窮連　　산수인문화엽적 호향전설불궁연

※ 의암십경 시화집 출간을 축하하며 그 느낌을 읊다. 2017. 12. 3
※ 이 시집은 소양한시회원 공동으로 짓고, 춘천문화재단의 문화예술진흥기금을 지원받아
  출판하였다. 각 풍경별 시문은 소양한시회 공저, 『호반의 노래 의암십경(衣岩十景)』(도
  서출판 산책, 2017)에 실려 있다.

봉의산 자락 소양정

곡운구곡을 탐방하고서

벗들과 함께 차를 타고서
구곡의 아지랑이 속에서 신선처럼 놀았네.
신녀협에는 현수교가 새로 놓이고
백운담의 폭포는 여전한데
인문석의 배치는 오묘하고
월굴암은 그 뜻 모르겠네
맑은 계곡 위협하는 신작로
보존하자는 이야기 요란하였네.

探訪谷雲九曲 방곡운구곡

與友同乘去 仙遊九曲嵐	여우동승거	선유구곡람
橋新神女峽 瀑舊白雲潭	교신신녀협	폭구백운담
奧妙人文石 無知月窟庵	오묘인문석	무지월굴암
淸溪威脅路 曰曰保存談	청계위협로	왈왈보존담

※ 문화원 한시반 학우들과 곡운구곡을 탐방하고 짓다. 2017. 9. 27
※ 김수증 선생이 이름 붙인 화천군 사내면의 구곡시는 춘천문화원의 지원을 받은 한국한
시협회 춘천지회 한시반 공저, 『곡운구곡의 노래』(도서출판 산책, 2018)에 수록하였다.

곡운구곡의 산실인 화천군 사내면 곡운정사 일대   곡운구곡의 제4곡 백운담

선향을 그리며

경춘선 팔영 京春線八詠

매주 한국한시협회 한시학당에 나들이 하며, 경춘선 전철이 지나는 역주변의 풍경을 여덟 수의 연시로 읊다. 2018. 6. 1

하나, 남춘천역에서 보내고 맞으며
춘천의 남쪽 역은 내 집에서 가까운데
경로권 승차해도 구르는 쇠바퀴
청록의 봉의산 어느새 멀어지니
서울 행 포부를 스스로 읊어보네

둘, 김유정역의 정담
김유정 역사는 기와로 덮은 처마
실례마을 금병산은 문학으로 뜨겁네
소설 속 봄봄 가슴 속에 울리니
다정한 길손은 몇 번을 돌아보는가

셋, 강촌역의 추억
강촌역은 산곡 중에 옮겨서
터널을 지나야 간신히 한강의 기묘함을 보네
주말에는 학생들 만나기 좋은 곳
매번 시끌벅적 씩씩한 정기가 빛나네

넷, 가평역의 그림 같은 풍경

가평역의 경치는 호수가 가까워서
팔 폭의 산천이 그림을 그린 듯
아래 남이섬은 춘천 땅인데
관광소득은 누가 거두는가.

다섯, 대성역에서 보는 풍경

대성역 위에서 청평을 굽어보면
북한강의 호수가 한 지경에 가로 놓이네
국외 여행에서 귀로에 바라보면
세상에 둘도 없는 풍치 곧 이곳이라 얘기하네.

여섯, 마석역의 빌딩 숲

마석역전에는 승객도 많아
홀연 전철은 인파로 가득하네
십년 건설로 큰 건물도 수 없으니
이곳이 서울인가 감탄하여 놀라네

일곱, 망우역에서 더하는 수심

망우역 안에서 용변보고 쉬다가
전철 환승에 실수 없길 도모하는데
번호 따라 가는 길 잘못 보고
오가기를 반복다가 오히려 수심만 더하네

선향을 그리며

여덟, 청량리역을 지나 한잔

청량리역에서 서울의 성곽을 바라보니
동대문루가 가까이서 맞이하네
높은 빌딩 인파와 차량에 미혹되지만
낙원동 주점에서 감히 술잔을 기울이네

一 南春送迎 남춘송영
春川南驛我家隣　敬老乘車轉鐵輪　　춘천남역아가린　경노승차전철륜
靑綠鳳儀頃刻遠　京行抱負自吟伸　　청록봉의경각원　경행포부자음신

二 裕貞情談 유정정담
裕貞驛舍瓦裝檐　甄里錦屛文學炎　　유정역사와장첨　증리금병문학염
小說春春胸裏響　多情過客幾回瞻　　소설춘춘흉리향　다정과객기회첨

三 江村追憶 강촌추억
江村驛舍谷中移　過窟縈看漢水奇　　강촌역사곡중이　과굴재간한수기
週末學生逢好處　每番鬧鬧壯精熙　　주말학생봉호처　매번료료장정희

四 加平畵景 가평화경
加平驛路近隣湖　八幅山川如畵圖　　가평역로근린호　팔폭산천여화도
下島南怡春府地　觀光所得孰收租　　하도남이춘부지　관광소득숙수조

五 大成一景 대성일경
大成驛上瞰淸平　北漢江湖一境橫　　대성역상감청평　북한강호일경횡
國外旅行歸路望　無雙風致卽斯評　　국외여행귀로망　무쌍풍치즉사평

六　磨石厦林 마석하림

磨石驛前乘客多　忽然電鐵滿人波　　마석역전승객다　홀연전철만인파
十年建設厦無數　此處疑京心歎哦　　십년건설하무수　차처의경심탄아

七　忘憂加愁 망우가수

忘憂驛內解憂休　電鐵換乘無失謀　　망우역내해우휴　전철환승무실모
追號行途看錯誤　往來反復尙加愁　　추호행도간착오　왕래반복상가수

※ 망우(忘憂)를 해우(解憂)로 의역하여 돌려 짓다.

八　淸凉對酌 청량대작

淸凉里驛望都城　東大門樓隣接迎　　청량리역망도성　동대문루인접영
高厦人波車輛惑　樂園後店敢傾觥　　고하인파차량혹　낙원후점감경굉

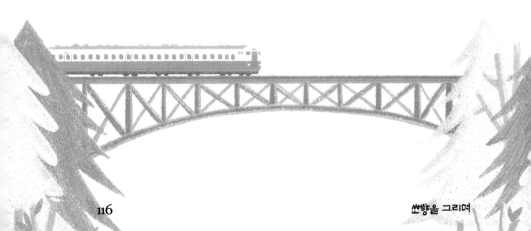

116　　　　　산향을 그리며

청평팔영 시집발간을 기리며

소양의 시 벗들 청평 계곡 물어서,
시구 찾아 몇 번이나 여정에 올랐던가.
식암에 기어올라 숨겨진 글 획을 보았고,
용담 폭포에 좌선하며 기이한 울음 들었지.
시 지어 다시 읽으니 매월당의 모습이요,
책을 열어 이어 읊으니 진락공의 목소리라.
교학하며 서로 전하여 시집을 펴냈으니.
춘천문화에 한층 영광이어라.

讚淸平八詠詩集發刊 찬청평팔영시집발간

昭陽社友問淸平　覓句幾回登旅程　　소양사우문청평　멱구기회등여정
爬上息庵看秘劃　坐禪龍瀑聽奇鳴　　파상식암간비획　좌선용폭청기명
作詩再讀雪岑影　開卷賡吟眞樂聲　　작시재독설잠영　개권갱음진락성
教學相傳刊韻集　春川文化一層榮　　교학상전간운집　춘천문화일층영

※ 소양한시회의 청평사 시집 발간을 기리며 짓다. 2019. 11. 30
※ 필자의 청평팔영 시는 춘천문화재단의 지원을 받아 만든 소양한시회 공저, 『청평팔영의
　시와 이야기』(도서출판 산책, 2019)에 담겨 있다.

니산구곡 尼山九曲

니산구곡은 의암(毅菴) 유인석(柳麟錫) 선생이 홍천강 하구에서 상류로 거슬러 올라가며 아홉 곳을 정하고, 이름을 붙여 시를 지은 곳이다. 지금은 청평댐으로 호수 속에 있으나 옛 기록을 좇아 소양한시회원 들과 함께 보트에 나누어 타고, 물살을 가르며 느낀 소감을 지었다. 2020. 6. 10

일곡 입석, 문에 들어서며

일곡이라 처음 찾으니 입석이 높이 솟아,
선인봉 아래 누대를 지었네.
배움의 길 표지는 지금도 분명하고,
호수의 언저리를 바라보니 가는 길이 열리네.

이곡 소룡암, 뜻을 세우다

이곡이라 소룡암 소성 녹효 두 강이 맴 도는데,
배 안에서 뜻을 세우니 양쪽 바람이 불어오네.
가는 방향은 녹효강 쪽 길을 정하고,
산을 지나 돌아보니 백로가 재촉하네.

보트로 니산구곡을 탐방하는 소양한시회원

선향을 그리며

삼곡 전위탄, 자신을 극복하며
삼곡이라 배는 여울물을 지나니 전위탄이라,
선인의 시에는 물결 부딪치며 급류가 달린다 했으니.
두려운 마음 극기의 한 노정이라,
수몰된 지금에는 배 뒤에 포말이 따르네.

사곡 요취담, 미혹되지 않는다
사곡이라 여울물 앞 요취담이라,
푸른빛에 미혹되지 않으니 자운이 끼네.
오금산 기슭에 밤꽃이 한창이니,
거꾸로 비친 나무에 새들이 배 밑에서 재잘거리네.

오곡 부연, 명을 알다
오곡이라 부연은 장락산 옆이라,
솔개와 물고기 함께 생동함은 자연의 이치.
공존하는 만물은 먼저 천명을 아는데,
깨닫지 못한 사람들 기욕 속에 돌고 있네.

육곡 홍무벽, 신의를 표하다
육곡이라 석벽에 홍무글자 새겼으니,
춘추대의를 따른 선비정신의 무늬라.
성재 유중교가 돌에 새기고 의암 유인석이 시로 읊었으니,
보국안민 충성과 신의의 말이라.

칠곡 비령담, 요산요수

칠곡이라 비령담 못물은 푸르니,
선생이 살던 곳 다시 돌아와 멈추네.
요산요수라 문인들 노래하니,
버드나무 아래 낚시하던 늙은 이 귀 세워 듣네.

팔곡 비도암, 나를 알아주는 벗

팔곡이라 층층의 비도암이라,
강함과 부드러움이 섞여 서로 맞물려 있네.
새소리 파도소리 소악을 빚어내고,
산과 물이 조화로우니 벗들도 화합하네.

구곡 오지소, 선에 이르러

구곡이라 오지소를 우두커니 지켜보니,
강물이 돌아 못을 이루고 흰 구름 떠있네.
멀리서 와 선에 이르니 정령이 고요하고,
정경이 그윽하니 만물이 쉬네.

맺는 시 니산 구곡을 찾은 소회, 시의 흥취

니산 구곡을 배에 올라 찾아보니,
수레와 말 다니던 옛길은 호수에 잠겼네.
주자의 무이 구곡과 오히려 같은 정경 되었으니,
선현은 더욱 가까이서 시흥을 일으키네.

선향을 그리며

一曲立石 일곡입석 入門 입문
一曲初尋立石嵬 仙人峯下造樓臺　일곡초심입석외 선인봉하조누대
學途標識至今著 眺望湖邊行道開　학도표지지금저 조망호변행도개

二曲巢龍巖 이곡소룡암 立志 입지
二曲巢龍二水廻 船中立志兩風來　이곡소룡이수회 선중입지양풍래
向方定道綠驍上 過峀回看白鷺催　향방정도녹효상 과수회간백로최

＊ 소성강(韶成江)은 지금의 북한강, 녹효강(綠驍江)은 지금의 홍천강이다.

三曲戰危灘 삼곡전위탄 克己 극기
三曲船過灘戰危 先詩激激急流馳　삼곡선과탄전위 선시격격급류치
恐心克己路程一 水沒至今泡沫隨　공심극기노정일 수몰지금포말수

四曲繞翠潭 사곡요취담 不惑 불혹
四曲灘前繞翠潭 靑光不惑紫雲曇　사곡탄전요취담 청광불혹자운담
吾琴山麓栗花滿 倒影梢禽船下喃　오금산록율화만 도영초금선하남

五曲釜淵 오곡부연 知命 지명
五曲釜淵長樂邊 鳶飛魚躍自然緣　오곡부연장락변 연비어약자연연
共存萬物先知命 不覺人間嗜慾旋　공존만물선지명 불각인간기욕선

六曲洪武壁 육곡홍무벽 信義 신의
六曲壁銘洪武文 春秋大義士魂紋　육곡벽명홍무문 춘추대의사혼문
省齋刻石毅菴律 輔國安民忠信云　성재각석의암율 보국안민충신운

七曲飛靈潭 칠곡비령담　樂山樂水 요산요수
七曲飛靈潭色青 先師故里再歸停　칠곡비령담색청　선사고리재귀정
樂山樂水騷人唱 柳下漁翁立耳聽　요산요수소인창　유하어옹입이청

八曲賁道巖 팔곡비도암　知音 지음
八曲層層賁道巖 剛柔交涉互相銜　팔곡층층비도암　강유교섭호상함
鳥鳴波響奏韶樂 山水調和朋友諴　조명파향주소악　산수조화붕우함

※ 비도賁道는 『주역』 비(賁)괘의 도, 즉 꾸미는 도이다. "천문을 보아서 때의 변화를 살피
　며 인문을 살펴서 천하를 화하여 이룬다."는 뜻.

九曲吾止沼 구곡오지소　至善 지선
九曲佇看吾止頭 江回成澤白雲浮　구곡저간오지두　강회성택백운부
遠來至善精靈寂 情景幽幽萬物休　원래지선정령적　정경유유만물휴

訪尼山九曲所懷 방니산구곡소회　詩興 시흥
尼山九曲搭船尋 車馬古途湖水沈　니산구곡탑선심　차마고도호수침
朱子武夷猶似景 先賢更近起詩心　주자무이유사경　선현갱근기시심

니산구곡의 제9곡 오지소와 천근암

선향을 그리며

구곡폭포의 아홉 가지 혼을 읊다

구곡폭포 계곡을 오르다보면 아홉 가지 혼을 가져가라며 안내판에 써 놓았다. 이름 하여 꿈, 끼, 꾀, 깡, 꾼, 끈, 꼴, 깔, 끝이다. 또 구비마다 작은 판을 세워 놓고 제시어를 써 놓았다. 장소와 푯말의 제시어가 일치하는 것은 아니지만 입구에서 폭포까지 전개하는 이야기 거리에는 손색이 없다. 뒤에 오는 이들이 따라서 노래하다보면 길이 되고 역사가 된다. 필자는 이것을 각기 그 장소에 맞도록 일부 변경하여 시조와 한시를 짓고 읊어 본다. 이 아홉 가지 혼은 확인한 결과 2011년 이곳 구곡폭포 유원지에 근무하던 신충건 선생이 이야기 거리(storytelling)가 있는 특색 있는 곳으로 만들고자 구상하고 팻말을 세웠다고 하였다. 2020. 9. 12

시작하며
봉화산 생명수 아홉 구비 폭포 쏟아
하얀 비단 드리워 푸른 안개 띄우는데
어디서 말 뿌리 밝혀 민족혼을 새겼나

일곡 희망, 꿈 생명
일곡이라 희망의 길 꿈과 함께 벽곡을 열고
인연은 물길 따라 생명을 잉태하니
폭포가 혼백을 깨워 쌍 기억 운 얻었구나

이곡 재능, 끼 발견

이곡이라 재능이니 절로 펼친 끼의 흥취
꽃 사이 벌 나비 춤, 나무 위선 까막까치
두어라 모두 묘하게 득의함을 어쩌리

삼곡 지혜, 꾀 쌓음

삼곡이라 지혜로다 경험을 되살리니
다람쥐는 숨기고 멧돼지는 코로 뒤져
멈춰라 손이 거두면 먹이 전수 못하리

사곡 용기, 깡 마음

사곡이라 용기니 깡으로 버텨냈네
벼랑에도 반송이니 받은 명을 새겼는가
아서라 불의의 추종은 네 영혼 마귀 준다

오곡 전문, 꾼 숙달

오곡이라 꾼들은 일상에 달인인가
높이 솟은 마음의 돌탑 다한 솜씨 고르네
풍우에 꿈쩍 않으니 하늘신이 돕는가

육곡 관계, 끈 연결

육곡이라 관계니 끈으로 허리 묶어
절애는 잔도로 물도랑은 징검다리
건너서 소통한다면 옛 소악을 듣게 되리

칠곡 태도, 꼴 됨됨

칠곡이라 태도이니 될성부른 꼴인가
돌 틈에 산나물 고개위에 푸른 솔
두어라 꺾는 것 보다 완상함이 좋으니

팔곡 기교, 깔 솜씨

팔곡이라 기교니 사물마다 다른 빛깔
자연의 솜씨인가 천제의 바람인가
내가 혹 조물주라면 어떤 산천 만들까

구곡 처음과 마지막, 끝 회귀

구곡이라 끝에 오니 돌아오면 다시 처음
머리 들어 폭포 맞고 허리 굽혀 냇물 보내
들으니 저 가을 매미 떠나가면 다시 오리

詠九曲瀑布之九魂 영구곡폭포지구혼

序詩 서시

烽火山泉水	回回九瀑流	봉화산천수	회회구폭류
白紗長幅朶	靑霧狹溪浮	백사장폭타	청무협계부
那處明根語	民魂刻洞丘	나처명근어	민혼각동구

一曲希望 일곡희망

一曲希望道	和夢僻谷開	일곡희망도	화몽벽곡개
因緣從水去	生命孕胎來	인연종수거	생명잉태래
瀑布醒魂魄	雙牙硬韻哉	폭포성혼백	쌍아경운재

二曲才能 이곡재능

二曲才能是 天然興趣羅 　이곡재능시　천연흥취라
花間蜂蝶舞 樹上鵲烏歌 　화간봉접무　수상작오가
放在諸奇妙 其中得意何 　방재제기묘　기중득의하

三曲智慧 삼곡지혜

三曲話頭知 再生經驗利 　삼곡화두지　재생경험리
藏仁松鼠肢 索果野猪鼻 　장인송서지　색과야저비
請止客收其 受傳無餌意 　청지객수기　수전무이의

四曲勇氣 사곡용기

四曲言頭勇 勝寒耐熱宗 　사곡언두용　승한내열종
盤松栽屹壁 受命刻深胸 　반송재흘벽　수명각심흉
不許從非義 汝魂魔鬼供 　불허종비의　여혼마귀공

五曲專門 오곡전문

五曲專門主 日常之達人 　오곡전문주　일상지달인
高高心塔厚 盡盡手才均 　고고심탑후　진진수재균
風雨不搖體 可能神助民 　풍우불요체　가능신조민

六曲關係 육곡관계

六曲話頭係 用繩連結腰 　육곡화두계　용승연결요
絶崖令棧道 斷瀆以矼橋 　절애영잔도　단독이강교
度越疏通是 能聽古樂韶 　도월소통시　능청고악소

七曲態度 칠곡태도
七曲話頭態 能成自少形　칠곡화두태　능성자소형
石間山菜闊 嶺上老松靑　석간산채활　영상노송청
請放於將折 玩吟好好寧　청방어장절　완음호호녕

八曲技巧 팔곡기교
八曲話頭巧 形形異色光　팔곡화두교　형형이색광
自然誇示技 天帝作心望　자연과시기　천제작심망
我或揮能力 如何造別崗　아혹휘능력　여하조별강

九曲始終 구곡시종
九曲到方終 回歸再始回　구곡도방종　회귀재시회
擧頭迎瀑喜 俯瞰送溪哀　거두영폭희　부감송계애
聞聽秋蟬吶 離山又更來　문청추선규　이산우갱래

구곡폭포 입구

구곡폭포

사詞, 그리고
시조時調

한시는 중국의 당나라 때에 정형화된 근체시(近體詩) 외에도 4구체(四句體)와 6구체(六句體) 등 고체시(古體詩), 송나라 때의 사(詞), 원나라 때의 곡(曲) 등 다양한 형식이 있다. 대개 노래와 함께 사람의 감정을 잘 표현할 수 있는 형식으로 변형된 것 들이다. 우리나라에서는 노래 부르기 쉬운 형식의 시조(時調)가 고려 이후 발전되어 왔는데, 필자는 이 중 사와 시조를 한시와 동시에 지어서 언어와 음율의 미적 조화를 시도하였다. 특히 한시와 시조의 관계에 대해 필자는 「시조의 한시 번역을 위한 최적의 형식 연구」(2020, 연민학회, 『연민학지』 제33호)를 지은 바 있다. 여기에서 시조와 대응하는 한시형식으로는 평시조의 경우 5언 6구체, 사설시조의 경우 5언 율시가 더 적합하다는 것을 발견하였다. 그리고 한시와 시조를 동시에 지을 때 상승작용으로 미적 감흥이 더 높아지는 느낌을 받았다.

공지천 변의 수양버들

공지천 의암호의 오리 배

위안부를 생각하며

봄날은 긴데, 한은 멈추지 않고
무참히 꺾여 돌아온 꽃송이
나비는 날개를 해치고, 두견은 창자를 상했지
아-아 아리랑

앞길은 어두운데, 결코 물러서지 않고
오직 바람은 참회의 한마디
위로하려 들지마오, 엄마의 뜰로 돌아가리라
아-아 피안의 영혼이여

의암공원의 소녀상

更漏子 갱루자, 思慰安婦 사위안부

春日長 恨不止　　　　춘일장 한부지
無慙折還鄉蕊　　　　무참절환향예
蝶害羽 杜傷腸　　　　접해우 두상장
嗚呼阿里郎　　　　　오호아리랑

前途昧 須不退　　　　전도매 수불퇴
唯願一聽懺悔　　　　유원일청참회
毋爲慰 歸娘園　　　　무위위 귀낭원
嗚呼彼岸魂　　　　　오호피안혼

※ [사패격률(詞牌格律)] 정체(正體), 쌍조雙調四十六字, 前段六句兩仄韻、兩平韻,後段六
句三仄韻、兩平韻。온정균(溫庭筠) 〈갱루자(更漏子)·옥로향(玉爐香)〉이 대표

中中平 中中仄＊中仄中平平仄＊中中仄 仄平平＊中平中仄平＊
平中仄＊中中仄＊中仄中平中仄＊中中仄 仄平平＊中平中仄平＊

※ 이 사(詞)는 최근 이슈화 되고 있는 위안부를 생각하며 지었다. 상편에서는 무참히 꺾여
돌아오는 과정을 가련한 꽃송이에 비겨 슬픔을 함께 하면서, 한민족의 소리 아리랑으로
그 한을 어루만지고자 하였다. 하편에서는 다시는 이런 슬픈 일이 없는 세상을 위해 참
회와 용서를 바라면서, 따뜻한 엄마의 품으로 돌아가고픈 마음을 좇아 모든 것을 떨쳐
버린 피안의 영혼으로 승화시켜 보았다. 2016. 1. 6

심원의 비련

서럽고 슬픈 사랑, 천년을 맴돌아
심원의 시벽 나는 제비 멈추네
서로 바라볼 뿐, 어찌 이를까
따로 가족 이뤘으나, 마음은 하나였으니
눈물 뿐! 눈물 뿐! 눈물 뿐!

담벼락에 보이는 글, 그대의 시편
홀연 밀려드는 그리움 모습마다 화살
따라 써보며, 서로 사랑하여
상처를 어루만지며 마침내 긴 이별
애절한 사랑의 글 따를 이 없으니
아름다워라! 아름다워라! 아름다워라!

육유의 시와 당완의 사가 있는 심원의 담벼락에서

선향을 그리며

釵頭鳳 채두봉, 沈園之悲戀 심원지비련

悲哀戀 千年旋	비애련 천년선
沈園詩壁休飛燕	심원시벽휴비연
唯相視 何能至	유상시 하능지
異家成族 心源無二	이가성족 심원무이
淚 淚 淚	루 루 루

墻書見 君詞片	장서견 군사편
忽然波想容容箭	홀연파상용용전
從斯記 相思施	종사기 상사시
撫傷終別 切文其次	무상종별 절문기차
懿 懿 懿	의 의 의

※ [사패격률(詞牌格律)] 정체(正體), 雙調60字, 前後段各30字。陸游의 〈釵頭鳳〉이 대표

平平仄 平平仄＊ 仄平平仄平平仄＊
平平仄＊ 平平仄＊ 中平平仄 仄平平仄＊
仄＊仄＊仄＊

平平仄＊ 平平仄＊ 仄平平仄平平仄＊
平平仄＊ 平平仄＊ 仄平平仄 仄平平仄＊
仄＊仄＊仄＊

※ 소양한시회원들이 봄맞이 한시기행으로 중국의 소흥 여행을 앞두고 심원의 육유와 당완
의 사를 따라 짓다. 2016. 1. 13

의암공원에 들어서며

의암공원 들어서서, 동상에 기대보니
두꺼운 안개도 걷힌다
호수에 비치는, 무수히 빛나는 별
수많은 호걸들의 장한 혼령
팔도의병은 비바람 뒤 낙과처럼 졌고
삼천리강토는 또 비바람 앞의 달처럼 위태하니
지상명령은, 원수들의 침략을 물리칠 튼튼한 방비
몸과 마음 다하리라.

합방의 치욕, 오히려 나뉘어 단절되었으니
산하의 한, 언제나 지울까
백두산 봉우리에, 기어코 태극기를 휘둘러 펴리라
나가다 졸리면 갈대 이불을 덮고
애쓰다 배고프면 솔뿌리 가루를 먹으리
통일을 이루고 나면, 벗과 더불어 신선고을 바라보며
버들에 이는 산들바람을 읊으리라.

춘천 의암공원 내 류인석 동상

선향을 그리며

滿江紅 만강홍 — 入毅菴園 입의암원

入毅菴園 憑像見 層層霧歇	입의암원 빙상견 층층무헐
湖水照 燦星無數 壯魂萬傑	호수조 찬성무수 장혼만걸
八道義兵風後果 三千疆土雨前月	팔도의병풍후과 삼천강토우전월
地上令 防備退讐侵 心身竭	지상령 방비퇴수침 심신갈

合邦恥 猶斷切	합방치 유단절
山水恨 何時滅	산수한 하시멸
白頭峰 必太極旗揮列	백두봉 필태극기휘열
進進眠蒙蘆葉被 勞勞飢飲松根屑	진진면몽노엽피 노로기음송근설
遂統一 與友望仙鄉 吟楊颭	수통일 여우망선향 음양흘

※ [사패격률(詞牌格律)] 雙調93字, 前段4仄韻, 後段5仄韻, 前段5、6句、後段7、8句要對仗。後段3字4字也可對仗。악비岳飛의 〈만강홍(滿江紅)〉이 대표

※ 中仄平, 平中仄、中平中仄。(月)
　平仄仄、仄平平仄, 仄平中仄。(屑)
　中仄中平平仄仄, 中平中仄平平仄。(月)
　中中中、中仄仄平平, 平平仄。(屑)

　中中仄, 平仄仄。(屑) 平仄仄, 平平仄。(屑)
　仄平平, 中仄仄平平仄。(屑)
　中仄中平平仄仄, 中平中仄平平仄。(屑)
　中中中、中仄仄平平, 平平仄。(月)

※ 어느 날 밤 의암공원에 들어서서 유인석 장군의 동상을 바라보았다. 그런데 호수에 비쳐 반짝이는 무수한 별들이 나라를 되찾고자 스러진 수많은 의병들의 영혼으로 떠올랐다. 이에 내가 연구하던 서파 오도일의 시에 친구와 밤새도록 노래 불렀다는 송나라 악비장군의 가사 〈만강홍〉을 빌어 나라를 생각하며 짓다. 2017. 9. 8

늦게 배우며

남들은 일하다가 지팡이 짚었는데
나는 백발 되어 학문농사 시작했네
거꾸로 나이 세려면 이만한 일 또 있을까

晩學 만학

人等役工携畢節　我爲白髮始文農　　인등역공휴필공　아위백발시문농
換先數歲青青活　又有無斯不二容　　환선수세청청활　우유무사불이용

※ 강원대학교 대학원 박사과정에서 장정수 선생으로부터 시조를 배우며 한시로 연결시켜
　보다. 2016. 3. 12

춘분에 산책하며

춘분에 손잡고 아내와 나서보니
의암호 만경창파 물안개 아직 찬데
먼저 핀 노란 산수유 오리가족 손짓하네

春分散步 춘분산보

春分與妻出門看　衣水蒼波煙霧寒　　춘분여처출문간　의수창파연무한
黃色茱萸開不後　動搖手語誘鳧團　　황색수유개불후　동요수어유부단

※ 의암 호반을 산책하며 짓다. 2016. 3. 20

호반의 봄비

가랑비 바람타고 호반에서 노래하니
수양버들 머리 풀고 개나리 꽃 빙긋
물오리는 징검다리 모래톱 백로는 도롱이
벗이여 술 익었다니 한잔함이 어떠리

湖畔春雨 호반춘우

細雨乘風下　春川湖畔歌　　세우승풍하　춘천호반가
垂楊搖解髮　翹朶笑顰蛾　　수양요해발　교타소빈아
水面靑鳧砅　沙洲白鷺蓑　　수면청부례　사주백로사
朋兮聞麴熟　傾注一如何　　붕혜문국숙　경주일여하

※ 공지천에 내리는 봄비를 소재로 중장을 늘리는 사설시조 형으로 상호 옮길 때 시어의 가
　감이 최소화 되었다. 2016. 3. 29

봄을 맞으며

비갠 뒤 의암 호반 봄의 만물 어우르고
오리들 짝 짓고 청춘남녀 쌍쌍이니
말세란 지난 이야기 좋은 시절 어찌 홀로랴

迎春 영춘 2016. 4. 7

雨霽衣湖畔 迎春萬物芳　　우제의호반 영춘만물방
鴨鳧廻輩輩 男女步雙雙　　압부회배배 남녀보쌍쌍
末世談過去 好時何獨行　　말세담과거 호시하독행

※ 평시조를 한시로 옮길 때, 6구체六句體(삼운육구三韻六句)가 시어의 가감을 최소화 할
　수 있고 중장은 대우(對偶)도 시도할 수 있다.

이 선비 상석 씨의 집을 찾아서

산 너머 통곡리 이 선비의 오두막
작지만 기와집 네모진 못 놓인 섬돌
꾀꼬리의 달 노래 버들 물결에 관상어
내어라 서호 국원 주 읊느니 팔경일세

訪李士尙錫家 방이사상석가

越山通谷里 李士造田廬　　월산통곡리 이사조전려
雖小屋裝瓦 頗方塘置除　　수소옥장와 파방당치제
鶯鳴歌印月 柳浪弄觀魚　　앵명가인월 유랑농관어
出與西湖麴 回吟八景舒　　출여서호국 회음팔경서

※ 소양한시회우들이 봄맞이 한시 기행으로 중국의 항주, 소흥 일대를 돌아보고 귀국한 후
　이상석씨의 집을 방문하고 짓다. 2016. 4. 15

선향을 그리며

봄버들

연초록 냇가버들 봄바람에 나부끼며
짧은 꽃잎 촘촘히 긴 머리칼 드리웠네
볼수록 마음 설레어 그늘사이 다시 보네

春柳 춘류 2016. 4. 16

淡綠川邊柳　春風弱搖移　　　담록천변류　춘풍약요이
短花粘密密　長髮下垂垂　　　단화점밀밀　장발하수수
越見越心動　陰間余再窺　　　월견월심동　음간여재규

※ 가는 봄이 아쉬워 공지천 변에 늘어진 수양버들을 보고 짓다.

가을기운을 느끼며

돌 녹듯 뜨거운 여름 한 밤에 가을이라
엊저녁 벗다가 새벽되니 끌어 덮고
매미소리 거두더니 귀뚜리 소식 부르네
자연이 와서 돕는데 공연 걱정 못 버리는가?

感秋氣 감추기

鑠礫炎天夏　高風一夜秋　　　삭력염천하　고풍일야추
昨昏皆脫外　至曉蓋身頭　　　작혼개탈외　지효개신두
蟪響收邊鬧　蛩聲呼遠郵　　　혜향수변료　공성호원우
自然來助爽　何不捨空憂　　　자연내조상　하불사공우

※ 며칠 사이 갑자기 시원해지는 느낌을 읊다. 2016. 9. 1

한의 예찬

의자에 일어서다 허리가 삐끗
찜질하여 옹이 펴고 문질러서 회복하며
침놓아 기 펴고 부항 떠서 피 빼니
양의만 의사라더냐 한의원도 좋구나

韓醫禮讚 한의예찬 2016. 9. 6.

自榻無心起	俄然腰被傷	자탑무심기	아연요피상
蒸敷徐緩痛	摩結速回凉	증부서완통	마결속회량
鍼術理驚氣	附缸收血狂	침술이경기	부항수혈광
洋醫唯豈士	韓院又優良	양의유기사	한원우우량

입동에 강촌을 지나며

한강 흘러 굽이진 곳 아침 해 새로 비춰
물안개 피어나고 산 구름 두르는데
청둥오리 열 짓고 두루미는 하늘가라
신선계 여기 아닌가, 수레 멈춰 바라보네

立冬過江村 입동과 강촌

漢江流曲岸	旭日照新明	한강류곡안	욱일조신명
水霧開煙出	山雲繞帶幷	수무개연출	산운요대병
青鳧湖上列	玄鶴昊邊橫	청부호상렬	현학호변횡
洞壑疑斯處	休車佇望情	동학의사처	휴거저망정

※ 입동 절 아침 서울로 가다가 사설시조 풍으로 짓다. 2019. 11. 8

선향을 그리며

구룡사 계곡에 올라

세렴폭 올랐다가 수림을 바라보니
보낸 가을 단풍잎에 맞는 겨울 솔잎이라
맑은소리 시내 울림 긴 털은 짐승 이불
허기가 갑자기 도니 밥 먹고 보자꾸나

登龜龍寺溪谷 등구룡사계곡

登到細簾瀑 回來望樹林　　등도세렴폭　회래망수림
送秋丹槭葉 迎節碧松針　　송추단축엽　영절벽송침
潔喨溪流響 長毛谷獸衾　　결량계류향　장모곡수금
虛飢俄體感 食後請觀心　　허기아체감　식후청관심

※ 치악산 구룡사 계곡을 아내와 막내딸 셋이서 오르며 사설시조 풍으로 짓다. 2019. 11. 10

경자년 설을 지나며

어제는 친손 뛰고 오늘은 외손 놀고
방안에서 비둔 터니 들에 나와 가벼 워라
길 위에는 아이들 낙락 호수에는 물오리 쉬고
아서라 늙은이 걱정 새 세상 잘도 흐르니

過庚子春節 과경자년춘절

昨日親孫跳　今天外裔遊　　작일친손도　금천외예유
於房肥鈍極　出野體輕優　　어방비둔극　출야체경우
路上兒童樂　湖中水鴨休　　노상아동락　호중수압휴
勿爲思老事　新世善流流　　물위사로사　신세선유류

※ 설 다음날 가족들과 공지천변을 산책하며 짓다. 2020. 1. 26

춘천의 닭갈비 맛

춘천의 닭갈비 맛 둘도 없이 좋은 것이
열판은 냄새 제거 채소는 향기 첨가
두어라 뒤집다보면 특별한 맛 날아갈라

春川鷄肋味 춘천계륵미

春川鷄肋味　無二最高良　　춘천계륵미　무이최고량
熱板消腥臭　鮮蔬益炙香　　열판소성취　선소익자향
請藏如放覆　特感卽飛揚　　청장여방복　특감즉비양

※ 아이들과 우성 닭갈비집서 맛을 보며 짓다. 2020. 9. 6

선향을 그리며

추석 차례상

새해에 거둔 곡식 차례상에 올리니
좌우에는 포혜요 동서에는 홍백이라
앞줄에는 다섯과일 뒤에는 삼 탕인가
두어라 집집의 법식 정성이 벼리라

秋夕茶禮床 추석다례상

新年收穫穀	茶禮奉行床	신년수확곡	차례봉행상
左右脯醢列	東西紅白裝	좌우포혜렬	동서홍백장
最前排五果	其後置三湯	최전배오과	기후치삼탕
放了家家式	精誠卽紀綱	방료가가식	정성즉기강

＊ 추석의 차례 상을 놓으며 짓다. 2020. 9. 27

팔도를 여행하며

한시를 공부하다보면 늘 소재의 부족을 느낀다. 그리고 방안에서 상상으로 짓다보면 공허하게 된다. 여기에서 벗어나는 데는 여행만한 것이 없다. 시 자체가 일상에서 벗어나는 즐거움이 있는데, 여행으로 집을 나서서 새로운 것과 만나는 생경함은 시흥을 일으키는 좋은 계기가 된다. 본 편에서는 필자가 한시를 배운 이후 국내 여행을 하다가 지은 것을 싣고, 국외 여행은 다음 편에 싣는다.

안면도 꽃지 해변을 걸으며

안면도의 붉은 해가 서쪽 큰 못에 지면
꽃게 해변에는 사랑의 시간이 흐르네
할아비 할매 쌍 바위는 옛 얘기 속삭이고
연인들의 맨발은 파도의 시를 쓰네

步安眠島花池海邊 보안면도화지해변

安眠紅日落西池 花蟹海邊流愛時   안면홍일락서지 화해해변유애시
老大雙岩談故事 戀人赤脚寫波詩   노대쌍암담고사 연인적각사파시

＊ 아내와 맏딸과 함께 안면도 꽃지 해변으로 여행을 갔다. 바위에 새겨진 할아비 할미 바
  위의 노래 말을 새기고, 맨발로 썰물에 드러난 개펄을 밟으며 한수 지어보았다.
  2011. 6. 16

울릉도를 찾아서

초여름에 벗과 더불어 승지를 찾으니
신선바위 그림 벽의 경관이 새롭구나
백구는 해안에서 가벼이 날며 맞이하고
검은 제비는 높은 산에서 내려오며 따르는데
삼무오다는 촌장의 자랑이요
천년의 많은 얘기는 가이드의 소설이라
성인봉 나리분지 나물 뿌리 쓰니
술 권하고 향내 맡으며 섬의 신을 읊어보네

訪鬱陵島 방울릉도

孟夏與朋探勝巡	맹하여붕탐승순
仙岩畵壁景觀新	선암화벽경관신
白鷗海岸輕飛接	백구해안경비접
玄燕高山快降遵	현연고산쾌강준
三沒五多村長詫	삼몰오다촌장타
千年萬話導遊陳	천년만화도유진
聖峰羅里菜根苦	성봉나리채근고
勸酒嘗香吟島神	권주상향음도신

※ 춘천지역 할머니들 몇 팀이 모여 조직하고, 일부 남편들이 함께 참여하여 새 한일투어의
   안내로 여행하다. 3무는 뱀 공해 도둑이 없고, 5다는 바람 물 돌 향나무 미인이 많다는
   것이다. 2012. 5. 9 ~ 5. 11

선향을 그리며

독도 탐방의 감회

울릉도 동남쪽 삼 백리
이제야 벗과 함께 파도를 건넜네
현무암 반석은 한국영토라 알리고
백로와 괭이 갈매기도 일본의 탐욕을 알리네
물속에는 고기무리 무수히 움직이는데
주변에 선편은 오가는 모양 보이지 않으니
우리 땅이라 주장하며 어찌 지키기만 하는가
소객은 애석히 돌아서며 머리카락만 날렸네

獨島探訪有感 독도탐방유감

鬱島東南三百里	울도동남삼백리
今才與友渡波濤	금재여우도파도
玄岩盤石告韓領	현암반석고한령
白鷺海猫知日叨	백로해묘지일도
水裏魚群無數動	수리어군무수동
周邊船片不看挑	주변선편불간도
主張我域何唯守	주장아역하유수
騷客回歸颺髮毛	소객회귀양발모

독도에서 태극기를 흔들며

※ 울릉도 독도 여행을 하면서 독도에서 느낌감상
  이다. 특히 독도가 우리 땅이라면 독도와 그 해
  역을 적극적으로 이용 관리해야 할 텐데, 해경의
  빈약한 병력으로 수비만 하고 있어 안타까운 마
  음을 담다. 2012. 5. 12

정선오일장을 찾아서

정선 관광은 오일장이라
녹용 산채가 깊은 향기 내네
춤 노래의 아리랑 정과 한을 움직이니
주객은 잔 기울이며 떠날 줄 모르네

訪旌善五日場 방정선오일장

旌善觀光五日場　鹿茸山菜發深香　정선관광오일장　녹용산채발심향
舞歌阿利動情恨　主客傾巵忘離鄕　무가아리동정한　주객경치망리향

※ 88년 사무관 승진 공부 때 모인 동수회원과 정선 오일장 나들이 하며 느낀 감상을 옮기다.
2012. 6. 2

강원랜드 카지노의 새벽

깊고 깊은 산속 별천지
밤새워 즐기다 새벽엔 고요히 잠들었구나
까마귀 깍깍하며 황금 꿈을 깨우지만
방객은 무심히 자연을 노래하네

江原賭場之曉 강원도장지효

山內山中別有天　微宵樂樂曉幽眠　산내산중별유천　철소낙락효유면
烏聲覺覺黃金夢　傍客無心唱自然　오성각각황금몽　방객무심창자연

※ 내 생일 턱으로 아이들과 2박 3일 강원랜드 마운틴 콘도에 머물다. 2014. 8. 16

선향을 그리며

탄금대의 감회

백 척의 바위 머리 햇볕이 비끼니
달천과 한강이 가야금 고을을 안네
우륵의 혼 진진하게 송림에 울리고
신립의 넋 층층이 벼랑에 서리니
연인들은 얼굴 찡그려 사진으로 거두고
벗들은 음송하며 시율로 간직하네
만나자 비개고 가을바람 좋으니
세상일랑 잊고 옥 같은 시주머니 풀어헤치면 어떠리

彈琴臺感懷 탄금대감회

百尺岩頭斜日陽　達川漢水抱琴鄉　　백척암두사일양　달천한수포금향
于魂振振松林響　申魄層層岸壁粧　　우혼진진송림향　신백층층안벽장
戀輩效顰眞影斂　故朋吟誦律詩藏　　연배효빈진영렴　고붕음송율시장
相逢雨霽秋風好　忘世如何解玉囊　　상봉우제추풍호　망세여하해옥낭

※ 한국한시협회 한시학당 소장들의 탄금대 모임에서 2017. 8. 14

동방시화학회 참가 소감

비 개자 서늘한 바람 이르니
지기지우들 서로 만나 즐기네
동서로는 옛 시율을 말하고
남북으로는 오늘의 구절을 얘기하는데
만세의 시경은 다시 돌아오니
천년의 성리학은 맞서 주고받네
마시고 노래 부르며 회포가 풀리니
넘칠 듯 금강이 흐르네

東邦詩學會參加有感 동방시학회참가유감

雨霽凉風到	相逢知己遊	우제양풍도	상봉지기유
東西論古律	南北話今句	동서논고율	남북화금구
萬歲詩經反	千年性理酬	만세시경반	천년성리수
飮歌懷抱解	疑溢錦江流	음가회포해	의일금강류

※ 제10회 동방시화학회가 충남대학교의 주최로 대전 유성호텔에서 열려 남상호 교수와
  함께 참가하고 소감을 짓다. 2017. 8. 23

추암

동해의 한 바위 이름도 많아
가래나무, 늪, 송곳, 촛불 노래비에 실렸네
억겁의 비바람 어찌 그 고통 견뎠길래
오늘도 쇠한 몸으로 강한 파도를 맞는가?

楸岩 추암

東海一岩名號多　楸湫錐燭載碑歌　　동해일암명호다　추추추촉재비가
雨風億劫何堪苦　今亦衰身遇勢波　　우풍억겁하감고　금역쇠신우세파

※ 춘천문화원 한시반 현장학습으로 동해 촛대바위를 보고 짓다. 2018. 5. 9

촛대바위

삼척 죽서루에 올라

오십천 물가 절벽을 가로질러
자연석 위에 둥근 기둥 세우고
관동 제일의 객사 누정을 건립하니
근역의 빼어난 시판 영화롭네
정조 대왕과 송강은 그림 같은 배를 읊고
미수와 율곡은 푸른 바다를 기렸네
오늘 푸른 물에 흐르는 꽃잎을 살피다가
홀연 이 정자가 선계로 가는 길이 아니가 하였네

登三陟竹西樓 등삼척죽서루

五十川邊絶壁橫 自然石上立圓楹　　오십천변절벽횡　자연석상입원영
關東第一館樓建 槿域秀優詩板榮　　관동제일관루건　근역수우시판영
正祖松江吟畵艇 眉翁栗谷頌蒼瀛　　정조송강음화정　미옹율곡송창영
今流碧水觀花葉 忽感斯亭洞昊程　　금류벽수관화엽　홀감사정동호정

※ 춘천문화원 현장학습으로 삼척 죽서루를 돌아보고 짓다. 2018. 5. 9

선향을 그리며

부석사의 이름에 대한 느낌

기이하게도 공중에 뜬다는 절 이름
후정의 고인돌 특별히 놀랄 일 아닌데
신도와 방문객 무수히 오니
천년 전설 구르고 굴러 되살아나네

浮石寺名稱有感 부석사명칭유감

奇異浮空寺刹名　後庭支石不殊驚　　기이부공사찰명　후정지석불수경
信徒訪客來無數　傳說千年轉轉生　　신도방객래무수　전설천년전전생

* 춘천문화원 한시반 회원과 영주 부석사를 방문하고 짓다. 2018. 10. 31

소수서원을 방문하고

학문을 승계하여 수양하는 곳
송림 경내 기와지붕 그윽하구나
주세붕이 세우고 이황선생 진흥하니
서원의 원초라 둘도 없이 아름답네

訪紹修書院 방소수서원

承繼學文修養丘　松林境內瓦軒幽　　승계학문수양구　송림경내와헌유
愼齋建立退溪振　書院原初無二休　　신재건립퇴계진　서원원초무이휴

* 2018. 10. 31

도산원을 방문하고

댐의 호수를 내려다보는 가을빛 언덕에
도산서원은 아침볕을 맞네
동서 두 서재에는 유생들의 체취가 묻어나고
앞뒤 여러 문에서는 퇴계 선생의 향기가 나는데
우람한 버드나무는 고고하게 의리 처를 얘기하고
고운 매화나무는 아담히 사랑의 고장을 생각하네
선생은 당시 울 밖에서 손을 보내고 맞이했다는
안내자의 설명이 돌아오는 길까지 맴도네

訪陶山書院 방도산서원

俯瞰堤湖秋色岡　　부감제호추색강
陶山書院接朝陽　　도산서원접조양
東西兩舍儒生臭　　동서양사유생취
前後諸門退老香　　전후제문퇴로향
雄柳孤高論義處　　웅류고고논의처
麗梅大雅想仁鄉　　여매대아상인향
當時寨外送迎客　　당시채외송영객
謁者說明歸路翔　　알자설명귀로상

✽ 춘천문화원 한시반 회원들과 도산서원을 방문한 소감을 짓다. 2019. 10. 30

병산서원을 방문하고

낙동강 동쪽 언덕에서 병풍산을 바라보며
서애 선생을 추모하는 서원은 한가롭네
고색창연한 만대루는 전경이 활짝 트였고
백일홍 나목은 활짝 웃어 보이네

訪屏山書院 _{방병산서원}

洛江東岸望屏山　追慕西厓書院間　　낙강동안망병산　추모서애서원한
古色晚臺前景闊　百紅裸木笑開顔　　고색만대전경활　백홍나목소개안

※ 춘천문화원 한시반 회원들과 서애 유성룡 선생의 영정을 모신 병산서원을 방문하고 짓다.
  2019. 10. 30

소영한시회원과 도산서원에서

병산서원의 만대루

태백산에 올라

태백영산 오르니 천년주목 반기고
눈발소리 새해 열며 새 울음은 길 안내자
한배검에 삼배하니 하느님 하신말씀
이제는 싸우지 말고 사이좋게 살라하네

登太白山 등태백산

太白靈山上	千年朱木迎	태백영산상	천년주목영
雪音開瑞歲	鳥喉導明程	설음개서세	조려도명정
檀帝前三拜	天神言一聲	단제전삼배	천신언일성
自今無鬪裏	相互好相生	자금무투리	상호호상생

※ 강원도 행정 동우회원들과 태백산 천제단에 올라 시조형으로 짓다. 2020. 1. 15

선향을 그리며

롯데월드타워에 올라서 세수를 읊다

하나
석촌호 언덕에서 하늘을 뚫어
한국 최고의 탑을 이뤘네
123층의 무수히 많은 방
555미터의 높이에서 나라의 융성을 내려보네

둘
오늘에서야 최고층의 집에 올라서
천하의 서울 한눈에 바라보네
저 아래 교정에 학생들 개미떼 같고
자동차가 다니는 큰길은 거미줄 같네

셋
건설에 육년 그리고 몇 년이 지난 지금
가장 높은 빌딩에서 서울의 연하를 내려 보네
아내와 가족들 함께 차 향기를 음미하니
백성의 긍지 노래 가락이 이어가네

登樂天世界樓塔三首 등낙천세계누탑삼수

一

石村湖岸力穿空 韓國最高成塔宮　　석촌호안역천공　한국최고성탑궁
一二三層無數室 五餘百米瞰邦隆　　일이삼층무수실　오여백미감방융

二

至今登廈最高層 天下都城一望能　　지금등하최고층　천하도성일망능
校苑學生如蟻隊 車行大路似蛛繩　　교원학생여의대　차행대로사주승

三

建設六年過數年 最高廈室瞰都煙　　건설육년과수년　최고하실감도연
家人與族吟茶馥 百姓矜持唱律連　　가인여족음다복　백성긍지창률련

※ 아내와 맏딸 소영이 가족들과 어울려 처음으로 롯데월드타워에 오른 느낌을 읊다. 이 타워
  는 2017. 4. 3 준공하였다. 2020. 5. 3

가족과 롯데타워에 올라

세상을 주유하며

필자의 국외 여행은 40대 중후반 공무관계로 시작되었다. 해외여행으로는 첫 번째 10여일 미국연수를 하였다. 그 후 일본·호주·뉴질랜드·몽골·아르젠틴·서유럽의 선진지를 견학하였다. 퇴직 후에는 중국·베트남·캄보디아·터키·대만 그리고 괌과 오키나와를 다녀왔다. 이 가운데 한시를 지으며 여행한 것은 퇴직을 하고도 몇 년 더 지난 뒤, 한시학습이 어느 정도 진행되어서이다. 일상에서 떠나는 즐거움에 더욱이 외국의 낯선 풍경은 시흥을 더욱 북돋아 준다. 이에 마땅한 시어를 찾느라 고민도 하고, 보고 듣고 느낀 것을 그날그날 정리하다보니 여행 자체가 한시학습의 좋은 길임을 알게 되었다. 본편에는 여행기와 함께 지어온 시 중 당시의 느낌이 묻어난다고 생각되는 것들을 골라 실어본다.

앙코르 왓 사원 무리

큰 돌로 된 신의 궁전이 반지 같은 호수에 서니
뱀자리별의 정기가 산호 구슬 같이 내렸다네
뽕나무 뿌리가 기둥을 얽어 수많은 탑을 지키는데
부처가 된 대왕은 사면의 얼굴을 전하네

偉大寺院群 위대사원군

巨石神宮立水環 蛇星座氣下珠珊　　거석신궁입수환 사성좌기하주산
桑根纏柱守千塔 成佛大王傳四顧　　상근전주수천탑 성불대왕전사안

※ 동남아 여행 넷째 날 캄보디아 앙코르 왓 유적 군의 거대한 사암 사원들을 보고 느낀 감
　상을 짓다. 2010. 2. 26. 32℃.

캄보디아 잉코르와트 사원 앞에서(아내와 숙모)

하롱베이

남쪽바다에 용이 내려와 보배 진주를 뱉으니
동쪽 물굽이에 융단 같은 산호섬이 되었네
세계자연유산은 내방객을 유혹하고
삼천 개의 섬들은 가는 나를 붙잡네

下龍灣 하룡만

南海下龍生寶珠 東灣轉玉作絨瑚　　남해하룡생보주　동만전옥작융호
自然遺産誘來客 島嶼三千拿去吾　　자연유산유내객　도서삼천나거오

※ 순규 숙부 내외와 동남아 여행 둘째 날, 베트남 하롱베이에서 유람선 을 타고 수많은 섬
　사이를 돌며 느낀 감상을 읊다. 2010. 2. 24

발해유적지를 답사하며

상경 성벽은 천년을 지키며
서풍을 막느라 검은 조각이 되었구나
발해는 강토를 회복하고 황제의 나라라 불렀는데
어찌하여 어리석은 후예는 동쪽 변두리만 다투나

踏渤海遺跡 답발해유적

上京城壁守千年 制止西風化片玄　　상경성벽수천년　제지서풍화편현
渤海回疆稱帝國 何如愚後鬪東邊　　발해회강칭제국　하여우후투동변

※ 백두산 여행 첫째 날 목단강시 인근 영안시(寧安市)에 있는 발해의 상경 용천부 유적지
　를 돌아보고 짓다. 2010. 8. 29

　　　　　　　　　　　　　　　　　선향을 그리며

백두산에 올라

어제는 용서 없이 비바람을 때리더니
오늘에서야 안개를 흩어 푸른 눈을 뜨는구나
천문봉 정상에서 신선의 우물을 내려보니
날아오르는 구름사이 물의 궁전이 보이는 듯
자애로운 단군왕검 이곳에 임하여
인간세상 널리 도우려 삼공을 거느렸지
비룡폭포가 천 가지 물길을 노래하니
어리석은 나그네 내키는 대로 칠색 무지개를 노래하네

登白頭山 _{등백두산}

昨日無容打雨風	才今散霧展蒼瞳	작일무용타우풍	재금산무전창동
天門峰頂瞰仙井	翔上雲間看坎宮	천문봉정감선정	상상운간감궁
慈愛檀君臨此處	弘幇人世帶三公	자애단군임차처	홍방인세대삼공
飛龍瀑布歌千水	愚客從心唱七虹	비룡폭포가천수	우객종심창칠홍

※ 신재황, 정장환 등 여섯 가족이 백두산에 올라 2010. 8. 31

백두산 천지

고궁박물관을 관람하고

하늘이 낸 신기한 보배는 스스로 지키는가
전쟁 피해 바다 건너 고궁의 동산에 들었네
청동 솥의 명문과 옛 그림 내 직접 와보니
다섯 발톱 용의 소리 두 귀에 들리는 듯하네

觀覽古宮博物館 관람고궁박물관

天出神珍自衛存 避爭渡海入宮園　천출신진자위존　피쟁도해입궁원
鼎銘古畵吾親見 五爪龍聲兩耳喧　정명고화오친견　오조용성양이훤

＊ 아내와 막내딸 소라를 따라 대만여행 첫날 고궁박물관을 관람하며 읊다. 2011. 4. 18

아미족 가무를 참관하며

아미족 무가의 돌림노래 소리에
해룡이 쉬며 잠들다 놀라는구나
구르고 돌고 뛰고 뒤집어 신들린 기운을 펼치니
나그네는 동참하여 함께 즐기네

參觀阿美族歌舞 참관아미족가무

阿美舞歌輪唱聲 海龍蟠谷睡中驚　아미무가윤창성　해룡반곡수중경
轉廻躍覆伸神氣 觀客同參樂共生　전회약복신신기　관객동참낙공생

＊ 대만여행 둘째 날 화련 대리석 공장 내 민속관에서, 아미족의 민속 가무를 관람하며 짓다.
　2011. 4. 19

선향을 그리며

파묵깔레

눈 같은 온천의 계곡
암반 위는 로마의 성이었더라
아직도 수많은 나그네의 발을 씻어주니
이곳이 바로 성스런 도시 히에라 폴리스라

綿花城 면화성

似雪溫泉谷 上盤羅馬城　　사설온천곡　상반라마성
尚今湔萬足 此處卽神京　　상금전만족　차처즉신경

＊ 한얀 회색 바위로 뒤덮인 거대한 계곡, 흘러넘치는 온천물에 발을 담그며 피로를 풀다.
　그 위에 형성된 성스런 도시란 뜻의 히에라폴리스 고대 로마의 유적을 돌아보며 짓다.
　2013. 3. 30

터키의 피묵낄레

카파도키아의 혈거

하늘이 기묘한 바위 버섯 만드니
사람들 개미굴의 도시 이뤘네
요정이 와서 함께 사니
여행객 또한 길을 잊네

良馬鄕穴居 량마향혈거

天作妙岩蕈　人成蟻穴都　　천작묘암심　인성의혈도
妖精來共住　旅客亦忘途　　요정래공주　과객역망도

※ 카파도키아(좋은 말의 고장)의 기묘한 바위들과 혈거의 흔적들. 비단길의 주 통로로서
　 나무가 없으니 바위 뚫어 집 짓고, 외적의 침입이 잦으니 높은 사다리를 놓아 살았던 혈
　 거 족들. 요정 같은 마을을 돌아보며 짓다. 2013. 4. 1

터키의 카파도키아

선향을 그리며

이스탄불

동서 대륙이 연접한 도시
문화 교류로 불야성을 이뤘네
옛적 성당은 로마가 세웠고
지금 사원은 터키가 이뤘는데
둘로 나눈 해협엔 천여 배가 미끄러지고
하나로 합친 다리엔 수많은 차량 오가누나
역사는 찬연히 낙조를 띄우니
술잔 기울여 풍경을 아쉬워하며 긴 여정을 마치네

伊斯坦布你 이스탄포이

東西大陸接連京 文化交流不夜城 　동서대륙접연경　문화교류불야성
上古聖堂羅馬立 只今寺院土其成 　상고성당라마립　지금사원토기성
兩分海峽千船滑 一合橋梁萬車行 　양분해협천선활　일합교량만차행
歷史燦然浮落照 傾杯惜景結長程 　역사찬연부낙조　경배석경결장정

※ 이스탄불에서 돌마 바흐체 궁전의 화려한 장식과 성 소피아 성당, 불루 모스크도 돌아보
　고, 보스플러스 해협을 거슬러 유람선도 타며 동서양의 역사문화를 짚어 보다. 끝으로
　아름다운 무희의 발리댄스를 감상하며 긴 여정을 마무리 짓다. 2013. 4. 2

패왕사를 방문하고

세 산을 뽑을 힘의 초패왕
하늘 뜻 못 품고 한 티끌로 사라졌네
민심을 얻느냐 힘을 기르느냐 얘기하는 가운데
애절한 우미인은 벽화 속에서 향기롭네

訪霸王祠 방패왕사

力拔三山楚霸王　不懷天意一塵亡　　역발삼산초패왕　불회천의일진망
得民育氣相論裏　哀切虞姫壁畫芳　　득민육기상론리　애절우희벽화방

※ 한국한시협회 시적탐방단을 따라 중국의 남경 마안산 화현 항우(項羽)의 무덤 패왕사
　(霸王祠)를 답사하고 증공(曾鞏)의 시를 떠올리며 짓다. 2013. 10. 23

한국한시협회 중국 강남 시적 탐방, 패왕사 앞에서

왕창령의 부용루를 차운하다

구름 탄 백학이 스스로 오 땅에 오니
선경의 부용루는 고독을 터네
소백 왕창령은 친구생각에 절창을 숨겼으니
후인은 시구를 찾아 푸른 병속을 살피네

次少伯芙蓉樓韻 차소백부용루운

乘雲白鶴自來吳　仙境蓮樓拂獨孤　　승운백학자래오　선경연루불독고
少伯思朋藏絶唱　後人覓句觀靑壺　　소백사붕장절창　후인멱구관청호

※ 중국의 남경 진강 탑영(塔影) 호수 가에서 부용루(芙蓉樓)를 돌아보고 왕창령(王昌齡)
　의 시를 차운하다. 2013. 10. 24

강남 시직 탐방, 왕창령의 부용루

강남의 시적을 탐방하고

구름 탄 군학들 나래 서로 잇고서
글의 보고 강남에서 시구 찾아 돌다가
누실명의 본향에서 유우석을 만나고
채석기 공원 기념관에서 이백을 만났네
심혼 다한 양주 팔괴는 정각에서 쉬고
정신 놓은 두목은 술 배에 올랐는데
이십 사교 거문고에 가창소리 기묘하니
소인 또한 길을 잃고 멍하니 연꽃을 잡아보네

訪江南詩跡 방강남시적

乘雲群鶴羽相聯　文庫江南覓句旋　　승운군학우상련　문고강남멱구선
陋室銘鄕逢夢得　磯園記館遇詩仙　　누실명향봉몽득　기원기관우시선
盡魂八怪休亭閣　落魄樊川上酒船　　진혼팔괴휴정각　낙탁번천상주선
二十四橋琴唱巧　騷人忘道忽拏蓮　　이십사교금창교　소인망도홀나련

※ 4박 5일간 중국 남경 마안산(馬鞍山) 진강(鎭江) 양주(楊州) 상숙(常熟) 등지의 시적을
　탐방하고 돌아와 짓다. 2013. 10. 22~ 10. 26

이백의 사당을 찾아서

이백의 고향 마을 비석의 숲으로 가득한데
달 맞으며 잔 드는 모습 바로 내 마음이라
절창으로 시를 노래하는 안내 여인
바다 동쪽 방문객들 묘한 정경에 빠져드네

訪太白祠 방태백사

青蓮古里滿碑林 弄月擧杯容我心　청련고리만비림 농월거배용아심
絶唱吟詩旅導女 海東訪客妙情沈　절창음시여도녀 해동방객묘정침

※ 쓰촨성[四川省] 장유시[江油市]의 청련장(青蓮場)에 있는 이백(李白)의 사당. 장밍현[彰明
縣]의 청련장은 이백의 고향으로 추정되는 곳이다. 사천이백고거(四川李白故居) 도슨트 양
리정(羊利貞)이 이백의 고거를 설명하다가 이백의 시 조발백제성(朝發百濟城)을 노래로 불
러 방문객들을 감동케 하다. 2014. 9. 17

검문관을 한탄하며

삼국이 천하를 두고 다툴 때
검문을 지키는 한 장수에 천만 군사들 왜소하게 하였네
뒤의 왕이 용렬하여 웅지를 이루지 못하고
돌 가른 신비한 칼 누가 알까 그 비애를

歎劍門關 탄검문관 2014. 9. 17

三國戰爭天下時 劍門一將萬千卑   삼국전쟁천하시 검문일장만천비
後君庸劣不成志 劈石神刀誰覺悲   후군용렬불성지 벽석신도수각비

※ 젠먼관[劍门关] 쓰촨성[四川省] 광위안[廣元]에 위치한 군사 요새. 삼국시대의 촉(蜀)
   나라 장수 강유(姜维)는 이곳에 병사 3만 명을 주둔시켜 위(魏)나라의 10만 대군에 맞
   서 촉나라를 지켜냈다.

시천성 광원시에 있는 군사요새 검문관

선향을 그리며

사천의 시적을 돌아보고

춘천에서 학을 좇아 사천 땅에 와서
시선과 시성이 살던 흔적 찾아 돌아보니
촉도의 위엄 갖춘 돌문 앞에 천적이 멈추고
도강의 슬기론 제방 한 나라를 열었네
비림의 옛 마을은 시의 역사 전하고
기념관의 새 마을 시의 소재를 알리는데
안내 여인의 맑은 노래 아름다운 혼 부르니
문군과 설도 누각에 오르라 재촉하는 것 같았네.

訪四川詩跡 방사천시적

自春追鶴四川來	자춘추학사천래
仙聖生居訪跡廻	선성생거방적회
蜀道威門千敵止	촉도위문천적지
都江理堰一邦開	도강리언일방개
碑林古里傳詩史	비림고리전시사
記館新鄕告律材	기관신향고율재
導女淸歌招雅魄	도녀청가초아백
文君薛妓上樓催	문군설기상루최

※ 중국의 사천 시적탐방을 마치고 짓다. 2014. 9. 19
※ 文君은 탁문군, 薛妓는 설도(薛濤)를 가리킨다, 설도의 시는 우리의 가요 "꽃잎은 하염 없이"로 시작되는 동심초 노래의 원 가사이다.

동방시화학회 참가 소감

동방의 학자들 안휘성에 모였는데
탁월한 시론 호수 위를 날고
운을 즐겨 읊으며 감성에 통하니
만화 같은 우스운 얘기 성정을 알리네

東方詩話學會參加有感 동방시화학회참가유감

東方學者會安徽 卓越詩論湖上飛　동방학자회안휘　탁월시론호상비
弄韻樂吟通感性 寓言笑語告天機　농운낙음통감성　우언소어고천기

※ 중국 안후이사범대학이 주관한 2015동방시화학회 제9기 국제 학술연토회에 남상호
교수와 함께 참가하여 그 감상을 짓다. 2015. 11. 6~11.8

　선향을 그리며

난정에서 술잔을 띄우며

난정의 굽은 물에 술잔을 띄워 보니
거꾸로 뒤집히고 몸은 추워 시를 얻지 못했네
기념관의 그림 속 연잎에 싣는 것 보고
왕희지 시절의 풍경 비로소 알았네

試蘭亭流觴 시난정유상

蘭亭曲水試浮巵 顚覆身寒不得詩 난정곡수시부치 전복신한부득시
見館畵中輿草葉 始知風景右軍時 견관화중여초엽 시지광경우군시

＊ 난정에서 술잔띄우기 실패 원인을 기념관 그림에서 보고 짓다. 2016. 2. 14

소흥이 난정 유상곡수에 술산을 띄워보고

서시의 고향을 찾아서

빨래하던 시내의 월나라 여인
아름다움으로 오왕을 멸했네
숨은 후 신의 영정으로 오니
고장 사람들 소원을 비네

訪西施古里 방서시고리

浣紗溪越女 以美滅吳王   완사계월녀 이미멸오왕
隱後爲神影 鄕民禱所望   은후위신영 향민도소망

※ 제기의 저라산(苧羅山) 자락. 서시사당에 기도하는 사람들 보고 짓다. 2016. 2. 15

소양한시회원과 봄맞이 한시기행. 항주 서호

선향을 그리며

봄날의 강남 유람

강남의 시적 이른 봄에 이르니
홍백의 매화 손님맞이 새롭네
소식(蘇軾)의 서호제방 새긴 글자 묘하고
왕희지(王羲之)의 유상곡수 필서가 빛나는데
비단 빨던 월나라 서시(西施) 이야기 속의 달이고
말 달리던 송나라 악비(岳飛) 가극의 별이네
멋진 옛 가마에 시승하여 주흥을 더하고
벗과 더불어 시 읊으니 속세를 떠난 듯 했네

春節江南遊覽 춘절강남유람

江南詩跡到初春 紅白梅花迎客新　　강남시적도초춘 홍백매화영객신
蘇老湖堤銘刻妙 右軍曲水筆書彬　　소로호제명각묘 우군곡수필서빈
浣紗越女史談月 馳馬宋雄歌劇辰　　완사월녀사담월 치마송웅가극진
輦駕試乘加酒興 吟風與友似離塵　　연가시승가주흥 음풍여우사리진

※ 3박4일 중국의 항주, 소흥, 제기 등 강남유람을 마치고 돌아오는 비행기 안에서 짓다.
　2016. 2. 16
※ 기행록과 시문은 소양한시회 공저, 『봄맞이 한시기행』, 도서출판 산책, 2016에 들어 있다.

괌의 뱃놀이

삼대가 괌 섬 부두에서 승선하니
순풍에 푸른 바다 하얀 파도 흐르네
물속을 수경으로 보니 무리 돔 헤엄치고
갑판에서 돌며보니 돌고래 장난치는데
낚시 기울여 드리워도 고기잡이 애석하지만
상 펴서 맛보는 회 요리 정말 좋구나
인생 칠십에 처음 하는 경험
희희낙락 손자들 시구를 돕는 구나

關島遊船 관도유선

三代乘船關島頭　順風碧海白波流　삼대승선관도두　순풍벽해백파류
水中觀察群鯛泳　板上廻看數鰍遊　수중관찰군조영　판상회간수국유
傾釣頻垂漁可惜　開床幾味膾眞優　경조빈수어가석　개상기미회진우
一生七十初經驗　樂樂孫兒助律句　일생칠십초경험　낙락손아조율구

※ 필자의 칠순 턱으로 가족들이 여행 중 괌에서 유람선에 올라 돌고래의 묘기도 보고, 물
안경을 쓰고 물속에 들어 손에 닿을 듯 얼룩진 열대어들과 놀며, 갑판에서 낚시도 해본
느낌을 옮기다. 2016. 5. 6

선향을 그리며

필자의 칠순에 아내와 괌에서

괌에서 가족들과 함께

세상을 주유하며

호텔의 야외만찬

맥주 마시는데 원주민들
전통의상에 춤과 노래 빛나네
숲속 북소리에 가라앉던 마음 떨리고
무대 중 횃불에 움츠린 목 퍼지는데
호걸미희들 먼저 몸짓을 보이니
선택된 빈객들 거짓 없이 드러내네
모두 함께 손뼉으로 장단 맞춰 즐기니
어느새 낯선 외국인과도 정을 나누네

酒店野外晚餐 주점야외만찬

麥酒飮間原住民 衣裳傳統舞歌彬   맥주음간원주민 의상전통무가빈
鼓聲樹裏沈心振 烽色臺中縮頸伸   고성수리침심진 봉색대중축경신
豪傑美姬先露戲 選賓擇客後呈眞   호걸미희선노희 선빈택객후정진
皆同拍掌和音樂 不覺分情與外人   개동박장화음락 불각분정여외인

※ 괌의 힐튼호텔 야외 식당에서 만찬을 먹고 마시며, 원주민 차모로들의 공연을 보고 함께
  즐기며 짓다. 2016. 5. 6

오아시스 호텔에서 하룻밤을 지내며

사막의 오아시스 야자나무 동쪽

샘솟는 호텔 임금의 행궁 같네

봄 소리의 뻐꾸기 요란히 손님 맞고

가을 색의 큰 낙타 정성으로 손님 태우는데

해지는 붉은 노을 늙은이 머리카락 빛내고

별 붙인 검푸른 하늘 아이들 눈동자를 비추네

특별히 허용된 음주로 생기가 살아나니

아내와 딸과 얘기를 나누며 황야의 바람을 마주하네

一泊綠州飯店 일박녹주반점

沙漠綠州椰樹東 湧泉飯店似行宮　　사막녹주야수동 용천반점사행궁
春聲布穀迎賓鬧 秋色長駝搭客忠　　춘성포곡영빈뇨 추색장타탑객충
落日紅霞輝老髮 添星蒼宇照兒瞳　　낙일홍하휘노발 첨성창우조아동
特容飮酒伸生氣 妻息和談對野風　　특용음주신생기 처식화담대야풍

※ 막내 딸 소라가 내외를 열흘간 두바이로 초청하여 쉬다가 사막 체험을 위해 밥 알 샴스
(Bab Al Shams)호텔에 들어 1박하며 짓다. 2018. 1. 20

모래바람

모래바람 황야에 하늘 가득 채운 먼지
가는 가루 휘몰아쳐 도시까지 늘어놓네
땅 위 저 높이 흙색으로 장식하니
시문에 쓰는 하얀 해 여기에서 제대로 보네

風沙 풍사

風沙荒野滿天塵 細粉飄飄至市陳　　풍사황야만천진　세분표표지시진
地上高高裝土色 詩文白日此看眞　　지상고고장토색　시문백일차간진

※ 엊그제부터 휘몰아치던 황사가 오늘까지 희뿌연 하늘과 하얀 해를 만들고 있어 표현해
  보다. 2018. 1. 23

아내와 사막에서 낙타를 타고

선향을 그리며

세계 최고의 빌딩

모래의 도시에 세계 최고층 건물
전망대에 오르니 붕새에 오른 것 같네
구름처럼 모인 방문객 모양은 각양각색
삼성이 세운 건물 긍지를 가져보네

世界最高廈 세계최고하

沙都世界最高層　展望登臺似駕鵬　　사도세계최고층　전망등대사가붕
雲集訪人容各色　三星建立我持矜　　운집방인용각색　삼성건립아지긍

* 세계에서 가장 높다는 부르즈 칼리파 (Burj Khalifa)에 올라 짓다. 이 건물은 미국인이 설계하고, 우리나라 삼성건설이 지었는데, 2004년에 시작하여 5년 여 만인 2009년에 완공하였다. 높이는 828m에 165층이고, 전망대는 예약 입장료 5만 원인 124~125층과 입장료 12만 원 이상인 145층 두 곳이다. 건물의 지하는 주차장, 아래층은 상가와 호텔, 사무실, 위층은 주거용으로 쓰인다. 2018. 1. 26

아내 칠순의 감회

칠순의 아내에 감회가 이니
사십 사년 함께 늙었네
종가의 맏며느리로 산 같은 주인 지키느라 고생하였고
어머니로서 물처럼 손자까지 길러 영화로웠네
자신보다 가족위해 먼저 사랑을 베풀고
자기보다 가문위해 정을 주며
지금껏 지나치도록 도리를 좇아 행하였으니
이제는 강녕 수복하여 남은 여정 즐기시기를

家人七旬感懷 가인칠순감회

七旬妻子感懷生 四十四年偕老傾　　칠순처자감회생　사십사년해로경
宗婦如山持主苦 母堂若水養孫榮　　종부여산지주고　모당약수양손영
比身爲族先施惠 較己和門更與情　　비신위족선시혜　교기화문갱여정
至現過隨行道理 康寧壽福樂餘程　　지현과수행도리　강녕수복낙여정

※ 온 가족이 오키나와에서 아내의 칠순을 기리며 짓다. 2018. 5. 1

아내의 칠순에 오키나와에서 가족과 함께

선향을 그리며

가족의 오키나와 여행 소감

칠순의 아내 건강이 좋아져
가족이 유구에서 여행을 시작했네
예의를 지키는 나라로 바른 예도를 잇고
통상의 열도로 번화한 상업을 꿈꾸니
궁성은 복구하여 천객을 부르고
수족관은 새로 열어 만인을 모으네
푸른 바다 흰 모래는 흔한 지경이 아니고
붉은 놀 검은 산은 선향에 드는 것 같은데
할아버지와 손자는 고무나무 밑에서 수영을 즐기고
할머니와 며느리는 야자수 사이로 지는 해를 바라보네.
식당에 촛불 밝힌 고희연은 특별하여
축가를 돌려 부르며 정의 향기를 즐겼네.

家族琉球旅行有感 가족류구여행유감

七旬妻子健康良　家族琉球始旅行　　칠순처자건강량　가족유구시여행
守禮之邦思正禮　通商列島夢繁商　　수례지방사정례　통상열도몽번상
宮城復舊呼千客　水館開新集萬郎　　궁성복구호천객　수관개신집만랑
青海白沙離俗境　紅霞黑峀入仙鄉　　청해백사이속경　홍하흑수입선향
祖孫橡下歡遊泳　婆媳椰間望夕陽　　조손상하환유영　파식야간망석양
明燭食堂稀宴特　祝歌輪唱樂情香　　명촉식당희연특　축가윤창낙정향

※ 아내의 칠순을 기념하는 가족의 유구여행을 마치고 짓다. 2018. 5. 5

형산에 올라 축융을 보고

남악 형산은 천하의 뫼이라
나이를 불문하고 시낭을 짊어졌네
계단 오르기에 지쳐 가마도 생각나지만
난간 잡고 마음 다하여 깊숙한 회랑을 걷는데
길 옆 높은 삼나무 경관을 가리더니
정상 앞 넓은 터 지경을 활짝 여네
축융은 불로써 인간을 돕는다고 하니
만 객은 정성 다해 향촉을 올리네

登衡山而見祝融 등형산이견축융

南嶽衡山天下岡　年齡不問負詩囊　남악형산천하강 년령불문부시낭
登階盡力思輕駕　攀檻傾心步邃廊　등계진력사경가 반함경심보수랑
路側長杉遮蔽景　頂前廣垈谿開疆　노측장삼차폐경 정전광대활개강
祝融使火扶人世　萬客殫誠上燭香　축융사화부인세 만객탄성상촉향

※ 중국 5악의 하나인 남악 형산을 오른 감회를 읊다. 2018. 11. 3

한국한시협회 시적탐방 장사 · 영주여행시 축융봉

선향을 그리며

소상팔경을 찾아본 감회

오직 그림 속에서 상상하던 팔경의 머리
배타고 섬에 올라 자세히 응시하였네
동쪽에서 온 소수는 다른 지류와 만나
서쪽에서 이른 상강과 한 길로 흐르는데
고기 잡는 늙은이 드리운 낚싯대는 볼 수 없지만
묵객의 시 읊는 소리는 들을 수 있으니.
감회가 절로 일어 시율을 읊으며
만 리 빈주 꿈속에서 노닐었네

訪瀟湘八景有感 방소상팔경유감

唯想圖中八景頭	乘船上島細凝眸	유상도중팔경두	승선상도세응모
東來瀟水異支合	西到湘江同道流	동래소수이지합	서도상강동도류
不見漁翁垂釣竹	能聽墨客放歌謳	불견어옹수조죽	능청묵객방가구
感懷自起吟詩律	萬里蘋洲夢裏遊	감회자기음시율	만리빈주몽리유

※ 소상팔경 중 소상야우의 시가 있는 빈주 에 올라 조망하며 읊다. 2018. 11. 5

소상강의 합수지점 풍경(북쪽으로 좌 상강, 우 소강)

축하시

사람은 살아가면서 주위 사람들과 많은 인연을 맺게 된다. 그 인연으로 축하해야할 일도 생기게 마련이다. 한시를 배우는 이상 이럴 때 한시로도 표현해보고 싶은 욕구가 일고, 어떻게 표현해야 축하의 마음을 잘 전달할 수 있을까 고민도 하게 된다. 본편에서는 그동안의 축하시를 모아보았다.

당숙의 강릉노인 회장 취임을 축하하며

진달래 붉은 떨기 만개하는 봄
고매한 노옹이 오니 만물이 새로워라
덕현 가문에서는 성덕을 닦고
관동의 학교에서는 천진을 길렀네
친화의 선정은 상생의 도리요
무실 홍문은 함께 돕는 윤리였어라
기로회의 훌륭한 벗들 바른 선비 불렀으니
범부 한객들도 의당 따르리

謹祝堂叔江陵老人會長就任 근축당숙강릉노인회장취임

杜鵑紅朶滿開春　　두견홍타만개춘
高邁翁來萬物新　　고매옹래만물신
德峴家門修聖德　　덕현가문수성덕
關東舍塾教天眞　　관동사숙교천진
親和善政相生道　　친화선정상생도
務實弘文共濟倫　　무실홍문공제윤
耆老勝朋招正士　　기로승붕초정사
凡夫閑客必然遵　　범부한객필연준

※ 손각규 당숙께서 강릉노인회 회장으로 취임하는 자리에 참석하고 느낀 감상을 축하시로
　 짓다. 2012. 4. 24
※ 이날 취임식에는 이춘섭 강원도노인회 연합회장, 최명희 강릉시장, 시의회의장, 경찰서장,
　 읍면동 노인회장 등 60여명이 모인 가운데 열렸으며, 오찬은 아들 병호가 내다.

이성호 선생 회고록 발간을 기리며

팔십 평생 돌아보니, 슬픔과 기쁨 한편의 시일세
왜국 학교의 초학은 고통이었는데
중앙대학교의 약학은 기쁨이었지
부친 따라 월남은 다행이지만
눈물의 모친 북에 둠은 비통이었고
춘천에 와 바람은 봉황이더니
덕 닦으며 처방은 기린아 였네
은퇴 후 어찌 한가히 지내겠는가
지금껏 봉사를 지속하고 있으니
그 공 어찌 아니 존경 하리
벗들 모아 신선 같은 모습 기리네

讚李盛鎬先生回顧錄發刊 찬이성호선생회고록발간

八十平生顧　哀歡一片詩　　팔십평생고　애환일편시
倭黌初學苦　中大藥文僖　　왜횡초학고　중대약문희
從父越南幸　淚親留北悲　　종부월남행　루친유북비
來春希願鳳　修德處方麒　　래춘희원봉　수덕처방기
退後何閑住　于今奉仕持　　퇴후하한주　우금봉사지
盍其尊敬事　會友讚仙姿　　합기존경사　회우찬선자

※ 이성호(李盛鎬) 선생의 회고록 발간을 기념하여 짓다. 이선생은 춘천 문화원 중국어 중
　급반 8인 모임 회원으로 만나는 벗이다. 2013. 5. 31

신용실 선생 부친의 백수연을 축하하며

옛날 칠십은 고래로 드물다 했는데
오늘 백수는 실로 바랄 수 있네
팽조의 장생은 진실인지 모르나
신옹의 99세는 거짓이 아니니
건강한 농사일은 증자의 부채 부르고
고아한 시 읊음은 노래자의 춤옷 즐기네
아름다운 곳 가평은 효자마을 이뤘으니
내년 봄 청학은 이웃 더불어 날겠네

祝鏞實先生椿丈白巖愼翁白壽宴

축용실선생춘장백암신옹백수연

昔時七十古來稀　석시칠십고래희
今日期頤能可希　금일기이능가희
彭祖長生無識諒　팽조장생무식량
愼翁白壽不知違　신옹백수부지위
健康稼穡招曾扇　건강가색초증선
高雅吟詩樂老衣　고아음시낙노의
勝地加平成孝里　승지가평성효리
明春青鶴與隣飛　명춘청학여린비

＊ 가평 신용실 선생 춘부장의 백수연이 지난 3월 있었다 하여, 한시학당에서 내가 제안하고
벗들이 축하 시 한수 씩 짓기로 하였는데, 신근식 선생께서 시제와 운을 내고 이에 따라
짓다. 2015. 4. 27

남상호 교수의 정년퇴임에 제하여

맑은 바람 음성은 태어난 곳이라면
호반의 춘천은 뜻을 편 곳이라네.
학문은 무연으로 백가지 이치를 풀고
시는 부의 법으로 천 가지 정을 새기며
학교에서는 더위에도 젊은 이 들을 가르치고
재야에서는 추위에도 노인들의 손을 잡아주네
정년도 그침 없이 씨 뿌려 이으니,
흐리고 어둔 세상 한줄기 등불이어라.

題南相鎬教授停年退任 제남상호교수정년퇴임

淸風陰邑得身營　　청풍음읍득신영
湖畔春川伸志城　　호반춘천신지성
哲學無然舒百理　　철학무연서백리
吟詩否法刻千情　　음시부법각천정
黌堂冒熱敎靑輩　　횡당모열교청배
陋巷蒙寒導老生　　누항몽한도노생
不止停年承播種　　부지정년승파종
濁昏世上一燈莖　　탁혼세상일등경

※ 필자의 한시 스승 남상호 교수의 정년퇴임에 제하여 짓다. 2016. 6. 16

선향을 그리며

인흥 정용섭 장군 고희를 축하하며

춘천의 북산 정기가 맑아
문무를 두루 갖춘 장군이 탄생 하였네
본영에선 얼마나 많은 책략을 기획하였으며
전선에선 몇 만의 병사를 지휘 하였던가
대학에선 학도들이 호국을 생각게 하고
광장에선 군중에게 나라의 인물을 얘기했네
오늘 칠순 잔치에 함께 시를 읊으며
양덕원의 햇볕 속에 수복의 영화를 축원하네.

祝仁洪鄭將軍龍燮古稀 축인홍정장군용섭고희

春府北山精氣淸　　춘부북산정기청
兼全文武將軍生　　겸전문무장군생
本營企劃幾千策　　본영기획기천책
戰線指揮何萬兵　　전선지휘하만병
大學敎徒思護國　　대학교도사호국
廣場對衆話干城　　광장대중화간성
七旬壽宴同吟律　　칠순수연동음률
德院陽中祝福榮　　덕원양중축복영

※ 정용섭 장군 고희연 소식을 듣고 짓다. 2018. 4. 19
※ 정장군은 전역 후 폴리텍대학 춘천캠퍼스 학장을 하였고, 필자와는 난정서실과 춘천문
　화원 한시반 학우로 만났다.

여산재 장성집 선생 희수연을 축하하며

낙원동에서 벗으로 만난 지 칠년
사형의 친절한 조언으로 맺은 인연이라
작금의 과거에 장원은 몇 번이며
지금껏 읊어 남긴 아름다운 시는 몇 천인가
재직 시는 외교관으로 영국신사였고
한가할 땐 문학으로 학선이 되었네
슬하에 일남이녀 가정도 다복하니
건강하고 즐거운 희수의 자리를 축하하네.

祝如山齋張晟集先生喜壽宴 축여산재장성집선생희수연

逢友樂園過七年　　봉우낙원과칠년
師兄親切助言緣　　사형친절조언연
昨今科試壯元幾　　작금과시장원기
自古吟遺魁甲千　　자고음유괴갑천
在職外交英傑士　　재직외교영걸사
有閑文學雅神仙　　유한문학아신선
一男二女家多福　　일남이녀가다복
感祝康愉喜壽筵　　감축강유희수연

※ 한국한시협회 한시학당 학우회장 장성집 선생 희수의 자리를 축하하며 짓다. 2018. 7. 13

선향을 그리며

윤송 유금열 선생 고희 문집발간을 축하하며

유씨 가문 십칠 대 지손으로
고희에 이르기까지 집안의 품위를 높여왔네
같은 무리로 시를 공부하기 여러 해인데
그대 홀로 급제하여 자주 방에 올랐네
비문은 역사를 고증하여 글마다 빛나고
주례사는 마음에 새기도록 구구절절 도탑구나
오늘날 유림에서 만나기 어려운 선비이니
발간하는 문집은 끝없이 번성하리

祝潤松先生古稀文集發刊 축윤송선생고희문집발간

柳家十七代支孫	류가십칠대지손
終到古稀隆閥門	종도고희융벌문
與輩修詩箋屢次	여배수시전누차
獨君及第榜頻番	독군급제방빈번
碑文考史章章赫	비문고사장장혁
典語銘心句句敦	전어명심구구돈
今日儒林難遇士	금일유림난우사
發刊辭集不窮繁	발간사집불궁번

※ 한국한시협회 한시학당 학우 윤송潤松 유금열柳金烈 선생 고희 문집발간을 축하하며
  짓다. 2019. 1. 27

남계 신근식 선생의 희수를 축하하며

어진 선생님을 상견하기는 십 년 전이니
벗들과 시를 배우려 함께 인연을 맺었네
구문에 제일이라 연주에 민첩하고
말의 선택에 둘도 없어 댓구에 앞장이라
시편 가운데 산천은 원근으로 담고
운율 중에 세월은 밝고 어둠으로 그렸네
듣기로는 벌열 가문의 장자이시니
오래사시고 평생이 후세에 전해지기를 빕니다

祝藍溪申謹植先生喜壽 축남계신근식선생희수

相見賢師十歲前   상견현사십세전
學詩與友共因緣   학시여우공인연
構文第一聯珠敏   구문제일연주민
選語無雙對句先   선어무쌍대구선
篇裏山川描遠近   편리산천묘원근
律中日月寫明玄   율중일월사명현
聞言閥閱家門長   문언벌열가문장
祝壽平生後世傳   축수평생후세전

※ 한국한시협회 한시학당 남계(藍溪) 신근식(申謹植) 선생의 희수에 즈음하여 짓다.
   2019. 6. 23

선향을 그리며

이경수 교수의 정년퇴임에 제하여

사십 년 세월 도의 근원을 찾아서
문도와 더불어 문답하며 큰 문에 들었네
나이를 묻지 않고 깨우치도록 하였으니
삼락의 남은 생애 녹원에서 즐기시기를

題李庚秀教授停年退任 제이경수교수정년퇴임

四十星霜探道源　사십성상탐도원
與徒問答入弘門　여도문답입홍문
年齡不考令醒覺　연령불고영성각
三樂餘生遊鹿園　삼락여생유녹원

※ 필자의 강원대학교 대학원 지도교수 이경수(李庚秀) 교수의 정년퇴임에 즈음하여 짓다.
　2019. 12. 6

애도의 시

만나고 헤어짐은 이미 정해져 있다[會者定離] 라고 하지만, 집안의 친인척이 돌아가시거나 사회에서 만난 지인들이 세상을 떠나갈 때에는 슬픈 감정을 억누를 수 없다. 다시는 그 모습을 대할 수 없기 때문이다. 함께한 정이 오래될수록 애도의 정은 깊게 마련이니, 이를 표출해 내는 한 방법으로써 시가 있다. 당시의 감정에 핍진逼眞하고 그 시어가 앞뒤로 조화를 이룰 때 슬픔을 넘어 아름답다고 한다. 시를 배우는 학도로서 美에 이르기는 한참 멀었지만, 어떻게든 외부로 발산해 낼 때 답답하고 막혔던 마음이 다소 해소된다. 이를 카타르시스(catharsis)라고 하던가. 감정을 추스르면서 지은 시를 모아 두면 뒷날 추모의 정을 다시 새겨볼 수 있으리라.

통곡하며 둘째숙부를 보내드리다

월직 사자가 갑자기 숙부의 혼을 데려가니
눈앞에 흐르는 눈물 밝은 빛을 가리네
일남 오녀 모두 잔을 채워 올리고
많은 후손들 함께 건을 쓰는구나
손 씨 문중에서는 으뜸으로 착한이요
강릉 고을에서는 가장 따뜻한 분이었는데
바램도 내려놓고 원망도 없이 하늘로 향하시니
누가 있어 회한의 친지와 이웃을 감싸 안으리

慟哭輓次叔父 통곡만차숙부

月使俄然帶叔神　월사아연대숙신
目前涕淚閉光眞　목전체루폐광진
一男五女皆塡爵　일남오녀개전작
多後繁孩共着巾　다후번해공착건
孫氏門中元善德　손씨문중원선덕
江陵邑內最溫人　강릉읍내최온인
放望不怨行天上　방망불원향천상
有孰包容悔恨隣　유숙포용회한린

＊ 지난주에 돌아가신 둘째 숙부님(孫太圭)을 애도하여 짓다. 2012. 11. 17

백암 신 선생님을 보내며

백수의 축하 시 어제가 맞는데
신선 보내는 만사 오늘이라니
오십여 자손 어찌 이끈 역사며
수천의 이웃 친우 어찌 사귄 도정인가
한방은 덕을 싸서 봉마다 후하고
한묵은 인을 심어 글자마다 맑았네
후진들 분향하여 극락을 기원하오니
잠시 쉬어 제수 삼잔 흠향하소서

挽白巖愼先生 만백암신선생

祝詩白壽昨天誠　　축시백수작천성
挽語送仙今日成　　만어송선금일성
五十子孫何導歷　　오십자손하도력
數千隣友豈交程　　수천인우기교정
韓方布德封封厚　　한방포덕봉봉후
翰墨栽仁字字淸　　한묵재인자자청
後進焚香祈極樂　　후진분향기극락
暫休歆饌饗三觥　　잠휴흠찬향삼굉

※ 지난 5월 13일 한시학당 학우 신용실씨 부친의 조문에 이어 만사를 한시학당 벗들과 짓다.
  2015. 5. 21

선향을 그리며

은사 정 선생님을 보내며

스승의 길 한 평생 홀연히 가시니
관동 중학 벗의 눈물 밭을 이루네
교단에서의 물리학은 쉬운 논리로 풀어 주고
암실에서의 사진 현상 실증으로 이으셨지
비록 큰 문제를 만날지라도 호랑이 같이 질기고
작은 실마리라도 솔개처럼 날래라고 하셨네
만년에는 목자로서 세상을 밝혔으니
이제는 하느님 곁에서 고이 쉬소서

挽恩師鄭先生恲 만은사정선생임

師道平生去忽然　　사도평생거홀연
關東中友淚成田　　관동중우루성전
教壇說理名論解　　교단설리명론해
暗室形眞實證連　　암실형진실증연
雖遇大題如虎靭　　수우대제여호인
對而小緖似鳶翩　　대이소서사연편
晚年牧者明人世　　만년목자명인세
今以幽休昊帝邊　　금이유휴호제변

※ 지난 금요일 중학교 은사 정연수 선생님의 별세소식을 듣고 만사로 짓다. 2015. 5. 29

초은 이명승 선생을 애도하며

시문을 문답한 것이 반년도 되지 않았는데
오늘 비보에 정 히 창망해 지네
봄빛에 구절 찾다 꽃 피우기 시작했고
가을 풍경에 문장을 생각다가 낙엽으로 이었네
함께 짓던 의암십경 책으로 배포하였고
선조가 남긴 적동록은 이미 시편으로 엮어 전했으니
황천 가시는 길에 품은 한 더시고
평안히 극락에서 잠드소서

輓樵隱李明承先生 만초은이명승선생

問答詩文未半年　문답시문미반년
今天悲報正蒼焉　금천비보정창언
春光覓句開花始　춘광멱구개화시
秋景思章落葉連　추경사장낙엽연
共著衣岩成冊布　공저의암성책포
先留滴凍己篇傳　선류적동이편전
黃泉往路除懷恨　황천왕로제회한
祈願平安極樂眠　기원평안극락면

※ 춘천문화원 한시반 詩友로서 85세를 일기로 타계하신 고 이명승 선생의 명복을 빌며 짓다.
　2018. 3. 30

강릉인 최종춘 형을 보내며

강릉에서 탄생하여 춘천에서 가시니
칠십 오세를 일기로 하늘로 돌아가셨네
부친에게 받은 글의 재능 공무에 쏟았고
스스로 닦은 어진 품성 이웃 위해 펼쳤네
휘호하는 묵필은 겨룰 수 없는 산봉우리요
암송하는 글 편은 마르지 않는 샘이더라
애석하게도 고향 형님 끝내 멀리 보냈으니
누구와 더불어 물어 배우며 시로써 이을까?

輓江陵人崔種春兄 만강릉인최종춘형

江陵生誕歿春川　강릉생탄몰춘천
七五一期歸九天　칠오일기귀구천
親受文才公務瀉　친수문재공무사
自修仁品爲隣宣　자수인품위린선
揮毫墨筆無爭峀　휘호묵필무쟁수
暗誦書篇不盡泉　암송서편부진천
哀惜鄕兄終永別　애석향형종영별
與誰問答以詩連　여수문답이시련

※ 지난 23일 작고한 최종춘 고향 형을 보내며 짓다. 2019. 12. 27
※ 고인은 중학교 때 등교 길에서 만나고, 강원도청에서 재회하였으며, 퇴직 후 만년에 소
양한시회 시벗으로 함께하였다.

막내 숙부를 보내며

칠십 삼년 전 함께 울며 태어나
할머니 젖을 빨며 같이 자라서
더벅머리 상대 만나면 짝으로 맞서고
홀로 남겨지면 서로 힘을 겨뤘네
조카는 공무로 오가며 살았는데
숙부는 농사로 부지런히 밭을 갈며
마을의 예속은 사람들에게 전하고
집안의 가풍은 자식들에게 가르쳤는데
이처럼 갑자기 쓰러져 일어서지 못하다가
끝내 운명하여 다스리지 못하니
기쁘고 슬픈 일상사 누구와 의논하며
크고 작은 집안 법도 또 어찌 지탱할까
파월 무훈에 태극기를 덮고
친족 위하던 족적으로 선영에 배향하였으나
버들잎 보면 가르쳐 주던 제비노래 생각나고
푸른 강물 보면 부르던 벗의 노래 생각납니다
눈물 머금은 자손들과 명복을 비오니
극락에서 오래도록 고이 잠드소서

순규 숙부 초상

선향을 그리며

輓老小叔父 만노소숙부

七十三年前共呱	칠십삼년전공고
仰婆吮乳長同生	앙파연유장동생
逢他對竪雙勞協	봉타대수쌍로협
留我孤童互力爭	유아고동호력쟁
姪遂公工來去住	질수공공내거주
叔行稼穡勉勤耕	숙행가색면근경
鄕中禮俗傳人注	향중예속전인주
門內家風敎子傾	문내가풍교자경
此忽偃蹲無可立	차홀언차무가립
終于殞命不能營	종우운명불능영
喜悲日事和誰議	희비일사화수의
大小常規又豈撑	대소상규우기탱
派越武勳蒙太極	파월무훈몽태극
爲親善積配先塋	위친선적배선영
眝看綠柳思鸕唱	저간녹류사이창
偶望靑江憶友聲	우망청강억우성
含淚與孫冥福禱	함루여손명복도
西方淨土永眠榮	서방정토영면영

※ 순규(順圭) 숙부의 장례와 삼우를 마치고 돌아와 짓다. 2019. 4. 18
※ 그 후 이 시는 백일 탈상 때 연곡 백운사 법당에서 읊어 올리다.

월산 이창범 선생을 보내며

평생 공직으로 외교에 이바지하였으니
대사로 나라마다 예의의 모습을 선양하였네
이후 구십 고령에도 한시회장에 봉사하였으니
이제 저승에서 고이 잠들기를 거듭 빕니다

輓月山李昌範先生 만월산이창범선생

平生公職外交供　大使邦邦宣禮容　　평생공직외교공　대사방방선예용
九十高齡詩會奉　黃泉祝願永眠重　　구십고령시회봉　황천축원영면중

※ 지난 7일 영면하신 전 한국한시협회 회장 월산 이창범 선생을 기리며 짓다. 2020. 7. 11.

짠항룬 교수의 귀천을 애도하며

동방시화학회를 위해 앞에서 이끌며,
회원을 격려하여 증서까지 주더니.
급히 돌아가시니 누구와 더불어 마주할까,
먼 나라에서 애석해 하며 천국의 안거를 빕니다.

輓詹杭倫教授歸天 만첨항륜교수귀천

東方詩學引先興　激勵團員與證書　　동방시학인선여　격려단원여증서
急遽歸天和孰對　遠邦哀惜禱安居　　급거귀천화숙대　원방애석도안거

※ 지난 주말 짠항룬 교수의 귀천소식을 듣고 짓다. 2020. 11. 29
※ 짠 교수는 쓰촨성 청두출신으로 마카오, 홍콩을 거쳐 말레이시아 대학에서 활동해왔다. 필
　자는 2015년 안후이 사범대학 주최 제9회 동방시화학회가 우후(蕪湖)에서 열려 남상호 교
　수와 함께 만나고, 그로부터 학회 회원증까지 받았다. 2017년에는 충남대학교 주최 제10회
　대회가 대전 유성에서 열려 다시 만났고, 그 후 장외시화집에서 시로 만난 인연이 있다.

　　　　　　　　　　　　　　　　　　　　　선향을 그리며

각규 당숙님을 보내며

덕현 가문의 북두별이었는데
홀연 귀천하시니 모습을 마주할 수 없습니다
인자한 성품은 많은 사람들의 모범이요
평생 스승의 길은 여러 생도들의 등불이었지요
고성군 교육장으로 앞에서 잘 이끌었고
강릉 노인회장으로 뒤에서 편하게 미셨습니다
이제는 아들 딸 손주들이 모든 일 이을 것이니
극락에서 영면하시며 편히 쉬소서

輓珏圭堂叔 만각규당숙

德峴家門北斗星	덕현가문북두성
忽然歸昊不看形	홀연귀호불간형
仁慈性品千人範	인자성품천인범
師道平生萬輩熒	사도평생만배형
高邑敎廳前引善	고읍교청전인선
江陵耆老後排寧	강릉기로후배녕
今來子女裔承事	금래자녀예승사
極樂永眠安息靈	극락영면안식령

※ 각규 5촌 당숙을 보내며 짓다. 2020. 12. 12

각규 당숙 유골봉안(언별리 가눈지 분숭뇨원)

선향 강원도

한시를 배우면서 누구나 한 번 쯤은 장편서사시를 꿈꾸게 된다. 시선이
라고 하는 이백, 시성이라고 하는 두보 모두 몇 편의 장편시를 남겼다. 이
왕 지으려면 율격이 가장 엄격한 근체시로, 처음부터 끝까지 한 운목(韻
目)[일운도저(一韻到底)]내에서, 중복되는 글자 없이 완성해보는 것이
다. 이에 필자는 마땅한 소재를 찾다가 필자의 고향 땅인 강원도의 풍경
과 역사를 그려보고자 하였다. 강원도에서 편찬한『강원도사』(1996)를
펴 놓고, 자연풍경·중고대·근현대·신바람 등 4개의 장으로 구분하여
이야기를 서술하였다. 이때 가장 힘든 부분은 여러 지역의 이름과 선인들
의 호를 표현함에 있어서 그 이름이 비슷하여 중복을 피하기 어려운 점이
었다. 완성한 뒤 다시 읊어 보니 강원도는 이름 그대로 신선이 사는 선향
仙鄕임을 부인할 수 없다.

신선의 고장 강원도

일장 자연풍경

동해의 밤을 밀고 아침 햇빛 비추니

백두대간은 선향을 펼치네

오대 발왕은 삼삼이 읍을 하고

설악 금강은 울울히 드러내는데

한강의 원류는 경기에 은혜롭고

낙동강의 발원 수는 영남에 베푸네

석호의 경포는 호중 일품이고

댐의 소양호는 댐 중 으뜸이라

봄 산록의 노란 꽃은 제비들 부르고

가을 산봉의 붉은 잎은 기러기 떼 기다리는데

설한의 언덕은 활강하는 갓옷의 고개요

열사의 해변은 수영하는 나체의 바다라

반달 큰곰이 깊은 굴에서 나오니

붉은 눈의 멋진 학은 넓은 들에서 날아오르는데

이끼바위는 만세토록 무지개 땅 얘기하고

주목은 천년 걸쳐 무궁화 강토 늘어놓네

동해 일출

설악산

이장 중고대

태고의 산맥 등허리는 사람 다니는 길

당시의 능선은 물산의 이동 장소였으니

백두산이 뿜은 요석 칼은 방방에서 출토되고

진흙 구은 도요는 처처에서 빛나네

비파형 동검은 단군의 모습이요

옥가락지 곡옥은 유화부인의 무늬라

하슬라와 실직은 연맹의 읍성인데

고구려와 신라는 번갈아 병합하였네

우산도는 이사부 장군이 사자 허수아비로 정벌하고

명주에 내린 군왕은 스스로 다스렸으니

양육한 영재는 신라의 기둥이고

수련한 걸사는 여러 요새의 들보였네

범일과 도윤道允은 선문의 두 파를 세웠고

자장과 의상은 오직 불국의 언덕을 실현했는데

태봉의 건국은 이 고장의 도움이요

고려를 이룸은 그 언덕의 지원이라

우수에는 장절공의 머리 없는 묘역이 있고

경운산에는 진락공 두문의 장원이 있는데

이승휴의 제왕운기는 고조선 역사를 깨우고

원천석의 바른 글은 은둔의 장을 깨닫게 했네

왜구의 잦은 침입은 이곳을 변경이라 하였으나

마침내 조선을 세워 중앙의 도라 하였으니

어머니 같은 토양은 무리가 돌아오는 집이요

아버지 모양 물 흐름은 귀한 이의 산실이니

세조의 원찰은 참회를 기원하고
단종의 능침은 원망을 풀어수는구나
매월당 김시습은 지팡이 끌고 타락한 이처럼 돌고
손곡 이달은 도롱이 메고 광인처럼 은둔하였는데
사임당의 모범은 후예에 전하는 가르침이고
율곡 이이의 학덕은 백성위한 헤아림이라
허난설헌의 포한은 서정시로 호소하고
교산 허균의 품은 회포는 소설로 드러냈네
관동팔경의 가사는 송강 정철이 짓고
봉의산의 내력은 다산 정약용이 꾸몄는데
이궁의 성스런 자취는 개나리 두둑이고
문소각의 유허는 철쭉꽃 담장이라

삼장 근현대

항일의병이 모두 일어서는 가운데
구한말의 의암 유인석총수는 깃발을 날렸으니
가정리의 호연지기는 창공의 별이요
이어진 삼일정신은 어두운 세상의 태양이라
모곡리의 한서 남궁억 사도는 백성 넋의 곳간이요
백담사의 만해 한용운 스님은 민족혼의 창고인데
이효석의 석류 메밀꽃은 이 고장 풍경의 맛이요
김유정의 소낙비 김동명의 파초는 우리 민속의 향기라
독립과 자유로 함께 번성할 호기를 맞았는데
상쟁 이념으로 함께 망하는 길 만났으니
공방은 피의 골짜기로 거듭 갈려 나가고
대치한 방어벽에 어찌 함께 항진하리오

사장 신바람

새마을 운동은 잘살 기로 번졌으니
한가롭던 옛 거리는 빈곤한 방황을 벗었네
변방 의식에 의타로 향하였는데
정주의 마음에 스스로 도와갔으니
씨감자는 노을에 적셔 전국농가가 상쾌해하고
채소는 안개에 씻어 모든 집에서 시원해했네
연탄을 보내 공장을 확장하고
전력을 제공하여 산업을 튼튼히 했으니
통신은 위성으로 시간을 단축하고
교통은 전철로 속도를 신장했네
영혼의 민요 아리랑은 청구의 상서로움이요
무속 노래의 단오는 이 세상의 좋은 조짐이니
동계 올림픽은 모임을 재촉하여 흥겹고
눈얼음 축제는 빠름을 겨뤄 아름답네
이제 세계의 평화공원이 휴전선에 설치되면
아름다운 땅 강원도는 영원히 창성하겠네

강릉 오죽헌

춘천 청평사

선향을 그리며

仙鄉江原道 선향강원도

一章 自然風景 일장 자연풍경

東海推宵照旭光　　동해추소조욱광
白頭大幹展仙鄉　　백두대간전선향
五臺勃旺森森揖　　오대발왕삼삼읍
雪嶽金剛鬱鬱揚　　설악금강울울양
漢水源流畿域惠　　한수원류기역혜
洛河始發嶺南張　　낙하시발영남장
潟湖鏡浦湖中逸　　석호경포호중일
閘庫昭塘庫上良　　갑고소당고상양
春麓黃花招燕子　　춘록황화초연자
秋峰赤葉待鴻郞　　추봉적엽대홍랑
屑寒滑降裘衣峴　　설한활강구의현
沙熱潛遊裸體洋　　사열잠유나체양
半月巨熊深穴窣　　반월거웅심혈솔
紅瞳䴔鶴廣坪翔　　홍동조학광평상
苔岩萬歲談虹土　　태암만세담홍토
朱木千年話槿疆　　주목천년화근강

二章　中古代 이장 중고대

太古脈椎人往路　　태고맥추인왕로
當時稜線物移場　　당시능선물이장
火熔曜刃方方出　　화용요인방방출
泥煮陶窯處處煌　　니자도요처처황
銅劍琵琶檀帝像　　동검비파단제상
玉環曲玉柳妃彰　　옥환곡옥류비창
阿西悉直聯盟邑　　아서실직연맹읍
句麗新羅吸併坊　　구려신라흡병방
于島傀征令異將　　우도괴정령이장
溟州治率賜郡王　　명주치솔사군왕
英才養育鷄林柱　　영재양육계림주
傑士修容九塞梁　　걸사수용구새량
梵允創門禪兩派　　범윤창문선양파
慈湘實現佛惟岡　　자상실현불유강
鐵城建國斯洲助　　철성건국사주조
開府成邦彼岸襄　　개부성방피안양
牛首壯公無首墓　　우수장공무수묘
慶雲眞樂杜扉莊　　경운진락두비장
休休韻記醒先史　　휴휴운기성선사
耘谷貞文覺遁章　　운곡정문각둔장
倭寇頻侵區謂境　　왜구빈침구위경
朝鮮終竪道稱央　　조선종수도칭앙
母形壤勢群歸屋　　모형양세군귀옥
父態川趨貴誕堂　　부태천추귀탄당
簒祖願庵祈懺悔　　찬조원암기참회
謝宗陵寢解怨望　　사종능침해원망
悅卿帶杖巡如墮　　열경대장순여타
蓀老携蓑隱似狂　　손로휴사은사광

師任範仁傳裔敎　　사임범인전예교
栗賢學德保民量　　율현학덕보민량
蘭軒抱恨情詩訴　　난헌포한정시소
惺所幽懷小說匡　　성소유회소설광
八景歌詞松叟撰　　팔경가사송수찬
鳳儀來歷鐸翁裝　　봉의래력탁옹장
離宮聖跡連翹畔　　이궁성적연교반
簫閣遺墟躑躅墻　　소각유허척촉장

三章 近現代 삼장 근현대
抗日義兵皆蹶起　　항일의병개궐기
救韓毅帥總旗颺　　구한의수총기양
柯亭浩氣蒼空宿　　가정호기창공수
三一精神暗宇陽　　삼일정신암우양
牟洞翰徒氓魄社　　모동한도맹백사
百潭卍薩族魂倉　　백담만살족혼창
石榴蕎朶此風味　　석류교타차풍미
霍雨芭蕉吾俗香　　확우파초오속향
獨立自由逢共盛　　독립자유봉공성
相爭理念遇同亡　　상쟁이념우동망
攻防血壑重分去　　공방혈학중분거
對峙垓隍豈統航　　대치해황기통항

四章 新風 사장 신풍

改革良村漸富活   개혁양촌점부활
臥閑舊巷脫貧徨   와한구항탈빈황
居邊意識依他向   거변의식의타향
定住關心克己行   정주관심극기행
種薯浸霞農戶快   종서침하농호쾌
菜蔬洗霧市家凉   채소세무시가량
炭材授與工資擴   탄재수여공자확
電力提供産業强   전력제공산업강
遞信使星間短縮   체신사성간단축
交通用輛速伸長   교통용량속신장
靈謠啊里靑丘瑞   영요아리청구서
巫唱端天六合祥   무창단천육합상
冬季奧輪催會興   동계오륜최회흥
銀氷祝祭競奔芳   은빙축제경분방
平和世界桃園置   평화세계도원치
勝地江原永遠昌   승지강원영원창

※ 강원도의 자연풍경과 역사를 장편 서사시, 칠언 배율 80구 560자로 서술하다.
  2014. 1. 26

손지석 선생의『선향을 그리며』출판을 축하하며

춘천 한시의 역사를 보면 수많은 시인들은 춘천팔경이나 춘천십경 중 소
양강과 자양강의 합수 지점에 있는 고산(孤山)을 주목했고, 고산의 낙조(落
照)를 최고 비경으로 꼽았다. 하지만 고산낙조(孤山落照)보다 더 아름다운
세계가 있는데, 그것은 시의 세계이다.

지석 손호정 선생은 그동안 각고의 노력으로 고산낙조보다 더 찬란하고
아름다운 시를 천 수 넘게 지었다. 천 수 이상 지은 시인은 역사적으로도
얼마 안 될 정도인데, 대학에서 문학박사학위까지 받으며 학문적으로도
많은 연구를 하였으니 정말 놀라운 일이다. 많은 이들이 퇴직 후 재미를
위해 취미생활을 하는데, 지석 선생은 재미에 의미까지 얻게 된 것이다.

그의 시문 중, 사회활동이나 세계여행 등에서 느낀 감상을 노래한 시는
자서전적이고, 그의 새로운 문학관과 인생이 들어있는 시는 철학적이다.
특히 학구열이 높아 평시조의 경우 5언6구체, 사설시조의 경우 5언 율시
가 더 적합하다는 것을 발견하고, 우리 시조를 한시로 표현해보는 시도를
한 시는 창의문학이다. 그뿐만 아니라 국제학술단체인 동방시화학회에 여
러 차례 참가하면서 논문을 발표하는 것은 물론, 즉석에서 시를 지어 교환
함으로써 중국인도 놀라게 한 것은 한시외교이다.

지석 선생의 한시 활동으로 증명된 하나의 법칙이 있는데, 그것은 동심
불로(童心不老)라는 법칙이다. 동심불로란 동심 또는 시심(詩心)은 나이

를 먹어도 늙지 않는다는 말이다. 왜냐면 그가 60 이후에 시작한 작시 활동과 학문연구 활동으로 몸소 그것을 입증했기 때문이다. 그것은 누구나 가능한 것이지만, 그렇다고 누구나 그렇게 되는 것은 아니다. 오랫동안의 노력만이 그것을 가능하게 해준다. 소위 '일만 시간의 법칙'을 뇌과학에서는 미엘린(myelin)이란 물질로 설명한다. 달인의 경지에 이르면 뇌신경세포를 감싸는 단백질 30%, 지질(脂質) 70%의 피복이 생기는데, 그것을 미엘린이라 한다. 그것은 일단 생기면 평생 없어지지 않는다고 한다. 지석 선생은 그동안 쌓은 내공으로 뇌 속엔 이미 미엘린이 많이 생겼을 것이다.

그동안 춘천 소양한시회에서는 중국 강남을 유람하고 『봄맞이 한시기행』(2016, 산책)을, 의암호의 십경을 선정하고 『호반의 노래 의암십경』(2017, 산책)을, 청평사 팔경을 돌아보고 『청평팔영의 시와 이야기』(2019, 공저, 산책)를, 서울한시협회회원들과 교류하고 『33년 만에 서울과 춘천 한시로 잇다』(2020, 산책) 등을 출판하였다. 이러한 춘천의 한시 활동은 하나의 강호문학(江湖文學)이면서 방외문학(方外文學)으로서 그 사례를 찾아보기 어려운 업적인데, 그 중심에 지석 선생이 서 있다. 오래오래 건강하시어 우리나라 한시 발전에 많은 공헌을 하시길 바란다.

2021. 4. 21.

남상호 삼가 축하드림

선향을 그리며

인 쇄 2021년 6월 24일

발 행 2021년 6월 28일

지은이 손호정

펴낸이 원미경

펴낸처 도서출판 산책
강원도 춘천시 우두강둑길 23
033.254.8912

등 록 춘천 제80호

값 13,000원
ISBN 978-89-7864-097-8